Histoires de Voisinage

Collectif Les Auteurs Masqués

ISBN : 9798864281529

Préface

Dans les années 80, la greffe de moelle osseuse en est à ses balbutiements, mais, déjà, elle apparait comme un traitement aux résultats intéressants. Agressif mais prometteur : en somme, un traitement de la dernière chance. Une thérapie pleine d'espérance pour des patients cancéreux accrochés à la vie.

Les complications post-greffe sont violentes mais ne sont pas que d'ordre médical. Le coût de cette thérapie et les traitements annexes étant largement sous-remboursés par la Sécurité sociale, certains patients voient leurs factures s'entasser et finalement faire chavirer un équilibre financier, mais aussi psychologique déjà précaire.

C'est initialement pour répondre à ce type de problèmes que le Fonds Samuel est fondé, en 1986 par un collectif de soignants liégeois et subsiste depuis bientôt quarante ans au profit des patients greffés du CHU de Liège et du Centre hospitalier de la Citadelle.

À Liège, en Belgique, le service d'hématologie universitaire inaugura sa première greffe en 1982 et je n'étais pas encore né quand notre équipe de l'Hôpital de Bavière, soigna et guérit, en 1986, le père de Salvatore Montalbano, atteint d'une leucémie myéloïde chronique. À l'époque, seule la greffe de moelle osseuse pouvait lui donner une seconde chance.

Salvatore, vice-président du Collectif Les Auteurs Masqués et l'un des écrivains de ce recueil, quant à lui, ne savait sans doute pas encore énoncer les vingt-six lettres de l'alphabet. Pourtant, ni son jeune âge ni les trente-sept années qui séparent la greffe de son paternel et l'écriture de ces lignes n'ont entaché sa reconnaissance pour notre association, le Fonds Samuel, qui avait jadis aidé son papa à passer le « cap » dans son parcours de patient allogreffé.

Étant aujourd'hui infirmier dans le service qui le soigna à l'époque, j'ai éprouvé une double satisfaction quand Salvatore nous annonça que le Fonds Samuel allait être retenu en tant que bénéficiaire de la vente du recueil que vous tenez entre vos mains. Ce fonds allait tirer parti de l'aura suscitée par le livre, et le travail fourni par mes prédécesseurs infirmiers allait être récompensé.

Qu'un collectif majoritairement composé d'auteurs français vienne en aide à une ASBL[1] belge montre bien que les idéologies caritatives de chacun s'affranchissent des frontières. Quoi de plus beau que de voir deux « voisins » s'entraider ! La thématique du voisinage s'est donc révélée naturellement pour toutes ces nouvelles. Un choix gagnant, le résultat est excellent !

Dans ce recueil, vous découvrirez une panoplie de talents proposant des histoires tantôt dans l'émotion, tantôt dans l'imaginaire ou l'aventure. Toutes seront

---

[1] Association sans but lucratif.

différentes et sauront vous surprendre ou vous faire voyager car bien nourries par les individualités de chaque plume qu'un seul trait unit : celui de la qualité du contenu proposé.

Pour terminer et à titre privé, je remercie vivement le Collectif, particulièrement Salvatore qui, dans cette aventure, m'a proposé de manière spontanée et inattendue de les rejoindre sur le banc de l'écriture. Plonger dans la bienveillance de ses membres dont Laure est en tête de proue, fut sur le plan personnel une entreprise riche en émotions, en introspection et surtout un challenge vivifiant pour lequel je leur suis reconnaissant.

Sur le volet humain, j'ai rencontré un groupe investi, structuré et surtout passionné.

Merci à vous qui lirez ce livre et aidez indirectement des patients cancéreux. Je vous en souhaite beaucoup de plaisir.

Merci au Collectif Les Auteurs Masqués pour le legs de talents, pour leur amour des mots et leur vision empathique du monde mise au profit de notre noble cause.

Thibaut Degrave

Membre du Fonds Samuel

Présentation du Fonds Samuel

Le Fonds Samuel a été fondé en 1986.

Samuel est le prénom du premier patient « allogreffé » de moelle osseuse au CHU de Liège en février 1982 (Hôpital de Bavière). Il souffrait d'une anémie aplasique et avait 12 ans. À l'époque, les traitements antifongiques et antiviraux nécessaires pour éviter des complications infectieuses chez ces patients immunodéprimés coûtaient extrêmement cher et n'étaient pas remboursés. Le Fonds a été créé pour répondre initialement à cette demande d'aide.

Le Fonds Samuel est une ASBL (Association sans but lucratif) qui œuvre sous les auspices de l'Université de Liège au bien-être des patients atteints d'une maladie hématologique et plus particulièrement la leucémie. Son objectif est d'assurer une assistance sociale, financière et psychologique aux patients cancéreux (et à leur famille) nécessitant une greffe de moelle osseuse ou de cellules souches hématopoïétiques.

« Le Fonds Samuel accorde des aides pour assurer, notamment, un suivi psychologique adéquat, intervenir dans les frais d'hospitalisation et de médicaments et couvrir les frais de déplacement nécessaires à un suivi médical optimal. Nous recherchons à la fois le bien-être physique et psychologique des patients ou des proches survivants. »

L'ASBL tente d'apporter du réconfort et une aide matérielle aux victimes de la maladie et à leurs parents proches d'un point de vue psychologique et financier.

L'œuvre répond à toutes demandes quelles que soient l'origine du patient, ses options philosophiques ou religieuses.

À l'heure actuelle, même si la plus grande partie des patients aidés proviennent du CHU de Liège, les autres services sociaux des Hôpitaux de la Région peuvent interpeller le Fonds Samuel pour obtenir de l'aide.

Aujourd'hui encore, l'ASBL a des besoins financiers importants car il lui faut faire face à une paupérisation générale de la population et une augmentation significative du coût de la vie que malheureusement le bénéfice des allocations sociales ne compense que très peu.

Le Fonds est partie prenante de l'activité médicale et sociale de l'ULG et la Faculté de Médecine, il est reconnu comme cheville ouvrière de l'Œuvre Belge contre le Cancer.

Structuré depuis son début sous forme d'ASBL, il est

administré par un Conseil d'Administration où sont obligatoirement représentés tant des membres de l'institution universitaire que des représentants des patients et de leur famille.

Introduction

Chère lectrice, cher lecteur,

C'était il y a plus de 35 ans, maintenant. Mais je me souviens.

C'était ma tendre enfance, celle qui permet de garder les bons souvenirs et effacer les moins beaux. Mais je me souviens.

Je me souviens avoir grimpé sur le lit double en sautillant de joie après y avoir vu la valise ouverte, et ma mère qui y rangeait nerveusement des vêtements. J'avais cinq ans. J'ai pensé qu'on allait reprendre la route des vacances, comme ce fut le cas quelques mois plus tôt. Mais il n'en était rien. Ce soir-là, mes parents ont laissé derrière eux maison, enfants et espoirs aussi, sans doute, pour être remplacés par mes grands-parents dans la chambre conjugale. À voir la mine déconfite du médecin de famille, l'avenir ne s'annonçait pas très rose. Découverte de nouveaux sentiments comme la peur, l'abandon, la disparition… La gestion de l'après, aussi. L'après-soi.

En mars 1986, à Liège, cela faisait seulement quatre ans que la première greffe de moelle osseuse avait été pratiquée. Il n'existait pas ou peu de jurisprudence médicale, et encore moins de services d'aide aux patients atteints de maladies du sang. Une petite association, cependant, venait de se créer, à l'instigation des parents du premier enfant greffé en 1982. Il s'appelait Samuel. Le Fonds Samuel se voulait une aide pour les patients et leur famille, tant sur le plan administratif et logistique que financier. Les familles aidées se comptaient sur les doigts de la main, annuellement. Aujourd'hui, le Fonds Samuel aide des dizaines de familles chaque année. Mon père a vécu 28 ans de plus que ce qui lui avait été annoncé cette année-là. Grâce à ma mère, très présente à son chevet, et à une poignée de médecins passionnés. Mais aussi, grâce au Fonds Samuel.

Quand, en 2020, nous avons tous été cloîtrés à domicile, j'ai suivi des cours d'écriture et y ai rencontré les membres du Collectif Les Auteurs Masqués. Écrire par solidarité, voilà bien un credo qui me parlait. Après avoir pris part à l'aventure, j'ai parlé du Fonds Samuel aux membres du Conseil d'Administration. Des personnes passionnées, qui croient en l'écriture et en sa force. L'idée de proposer le Fonds Samuel comme bénéficiaire de l'un des recueils est venue naturellement.

Le temps est venu, pour l'enfant apeuré que j'étais, de renvoyer l'ascenseur.

Au nom de tous les auteurs

Salvatore Montalbano

Vice-président du *Collectif Les Auteurs Masqués*

Thibaut DEGRAVE

Infirmier en oncologie, Thibaut Degrave a, au fil du temps, tapi ses émotions au fond de sa carcasse. L'écriture est un des canaux qui lui permettent d'exprimer les sentiments qui l'habitent. Jouer avec les mots, les associer pour faire ressortir de l'émoi comme de l'humour sont des plaisirs qu'il prend depuis tout jeune. *De l'amour dans les yeux* est son premier texte publié. Une nouvelle écrite sur la proposition inattendue mais bienveillante du Collectif des Auteurs Masqués, à l'initiative du partenariat avec l'ASBL bénéficiaire du Fonds Samuel dont il fait partie.

De l'amour dans les yeux

Par Thibaut Degrave

Il y a cet homme dans cette maisonnette.

Il m'arrivait de le croiser le matin en allant travailler. Moi, transpirant, dans mes runnings qui me permettaient de joindre l'utile à l'agréable en courant pour me rendre sur mon lieu de travail. Lui, moribond, assis dans son fauteuil roulant, attendant avec ardeur que le soleil s'abatte sur lui et l'inonde de chaleur. Ce plaisir aussi simple que banal était, à ce moment, le seul pouvant encore lui apporter un peu de sérénité.

Le malade, immobile, paralysé, subissait la gravité. Spectateur passif, il était attaqué par des gouttes de sueur, qui se formaient rapidement sur son front pour créer un ruisselet percolant jusqu'à la butte de ses sourcils. Ricochant le long de son épaisse toison grisonnante, la sueur poursuivait sa route pour atteindre la commissure de l'œil. Poétiquement, elle signait alors l'homme d'une larme qui le rendait triste. Continuant son chemin, la goutte sinuait sur les rides de son visage marqué par ses soixante-cinq ans pour atteindre sa lèvre supérieure et la chatouiller. Dérangé, mais incapable de laper celle-ci, le vieil homme endurait l'écoulement de l'eau sur sa peau qui poursuivait inlassablement son chemin pour atteindre son menton et chuter.

Un jour, je m'arrêterai… mais trouverai-je le courage ?

J'arpentais pourtant ce chemin, quotidiennement, pour me rendre à l'hôpital où j'exerçais, comme lui à l'époque, le métier d'infirmier en chef. C'était en le voyant galoper, torse nu, musclé comme un coq, poitrail haut, le long des onze kilomètres de trajet reliant notre rue à la clinique, que je m'étais remis à courir. L'homme résilient malgré la pluie, le vent ou la chaleur, parvenait à faire cet aller-retour cinq jours sur sept.

Combien de fois ne me suis-je pas dit qu'il était fou de courir ainsi ? Pourtant, aujourd'hui, je suis capable d'enchaîner cent kilomètres en compétition et je me dis, rétrospectivement, que son exemple n'y est peut-être pas pour rien.

Sa maladie lui faisait perdre l'ensemble de ses fonctions motrices. Comme une tache de rouille qui viendrait grignoter un peu plus de métal chaque jour, ses forces l'abandonnaient inexorablement. Ses muscles avaient décidé de ne plus répondre et de s'éteindre à petit feu. Inéluctablement, la maladie de Charcot gagnait du terrain sur l'athlète qu'il avait été.

J'habitais à deux maisons de la sienne et une relation forte nous animait puisque je le connaissais depuis toujours et que nos enfants jouaient régulièrement ensemble. Il leur était facile de se rendre de l'une à l'autre maison car nos deux jardins étaient communs par un bois de trois hectares qu'il avait, d'ailleurs, jadis planté.

Je me souviens avoir participé, il y a de cela trente-deux ans, à cette noble tâche... même si, à l'époque, j'avais ressenti cela comme une punition. Pour ma mère éreintée, c'était surtout une aubaine de pouvoir envoyer ses deux garçons turbulents aider ce naturaliste en herbe. Du haut de mes sept ans, une mission simple m'attendait : je devais introduire verticalement l'arbuste dans la cavité qu'il avait creusée tandis que mon frère butait les pieds de ses racines avec une motte de terre. Le quadragénaire finissait le travail de sa lourde pelle remplie de terre pour combler le trou. À peu près dix-mille arbres avaient été repiqués de cette manière. C'était une action modeste en vue de participer ainsi à la biodiversité locale, thématique qui l'animait forcément en tant qu'ornithologue et qu'il m'avait transmise de cette manière inconsciemment.

Je ne dirais pas que ces moments nous avaient rendus complices. L'arboriste en chef était intransigeant, autoritaire et peu pédagogue, ce qui compliquait la plantation. La tâche se faisait en automne, dans le froid et souvent sous la pluie : rien d'invitant pour un jeune garçon qui ne voyait pas l'intérêt de planter des bouts de bois dans le sol.

Ces dernières années, je m'étais mis spontanément au maraîchage à petite échelle. J'étais heureux de lui envoyer par WhatsApp des photos de mes plants de tomates et lui dire de cette manière que la graine n'était pas tombée si loin du plant. Lui, que j'avais discrètement observé des années durant, semer avec passion des légumes de toutes sortes.

Enfant, quand il m'arrivait de flâner dans son jardin durant l'été, il me désignait volontaire pour récolter un seau de haricots afin de l'aider. Je réalisais souvent, mais bien trop tard, le danger que représentait cette errance. La tine prenait presque une heure à être remplie et c'en était décourageant mais, avec de l'expérience, j'arrivais au bout de ce travail en trente minutes. Pour cela, il fallait ruser et user d'un subterfuge en réalisant des montages organiques à l'aide des haricots, de sorte à optimiser le volume final pour une quantité moindre. Technique un peu roublarde mais il n'y avait pas de petit profit pour sortir de cette besogne ingrate et incomprise à cet âge-là.

La vie est surprenante : quelle était la chance pour que mon fils ait des sentiments pour sa fille ? Pourtant, l'avant-dernière de ses neuf enfants, Eve, était dans la même classe que mon fils Tom, alors âgé de huit ans. Pour lui, elle était sa petite voisine mais surtout une amie avec qui il partageait une émotion plus profonde. Quelque chose qu'il n'arrivait pas encore à m'exprimer mais qui le forçait à chercher sa compagnie.

Lorsqu'elle venait jouer chez nous, j'en profitais pour lui demander régulièrement : « comment va ton papa ? » et elle me répondait avec spontanéité et naïveté : « il va bien, fidèle au poste ! » Cela me faisait toujours sourire. Pourtant, il avait fait une croix sur le soleil depuis des mois déjà et il ne vivait que dans la maisonnette annexe à sa maison. Un bien nécessaire pour fournir à sa seconde épouse un peu d'intimité, le temps d'éduquer leurs cinq enfants dans cette vie de sacrifices entre les dizaines de passages quotidiens de soignants pèlerinant au chevet du mourant. Le voisin était déjà sous respirateur et le seul moyen de tenir son buste sur le fauteuil était de le sangler. Son enveloppe corporelle l'avait alors totalement abandonné. Seuls restaient son esprit, vif, et ses yeux bleus. Une arme fatale dans son jeune temps, de ce qu'il m'avait raconté. Aujourd'hui, son dernier outil pour dialoguer.

Totalement paralysé, il utilisait sa vue pour s'accrocher à la vie, communiquant en pianotant de ses yeux des lettres, puis des phrases qu'un ordinateur retranscrivait oralement. À l'instar d'un GPS qui vous dit de tourner à gauche ou de ralentir. Il usait de phrases pré-encodées pour fluidifier la conversation. Un bien nécessaire pour ne pas épuiser ses yeux qui balayaient l'écran de gauche à droite tel un geek en pleine action. Cela avait comme conséquence de réduire sous silence toute émotion dans la discussion. Ses enfants, un brin taquins, passaient leur temps à le travestir en sélectionnant sur le haut-parleur une voix de femme, ce qui faisait beaucoup rire tout le monde.

Ma dernière visite remontait alors à six mois et je n'avais plus le courage de repasser le voir.

Qu'il était difficile de voir cet être cher changer de la sorte ! L'homme estimable que j'avais connu jadis était bien différent aujourd'hui : multi-appareillé, il ne vivait littéralement que grâce aux machines et aux courageuses aides-soignantes présentes vingt-quatre heures sur vingt-quatre. Dorénavant, les sangles ne suffisaient plus pour le maintenir assis et il vivait alité.

Il m'évoquait de la tendresse mais je n'arrivais pas à en déterminer la provenance. Il avait été bienveillant vis-à-vis de moi, à sa façon, tout au long des moments passés avec lui. Trop souvent maladroit, mais toujours bien intentionné. Mon sentiment pour lui était fort malgré une émotion d'amertume que je n'arrivais pas à lui verbaliser. Se voir mais pour quoi dire ? Des phrases sans émoi, consensuelles, stériles, pré-encodées ? Je voulais lui reparler de ce que j'étais devenu grâce ou à cause de lui, des valeurs qu'il m'avait transmises, de la fierté que j'avais pour lui et de celle qu'il ne m'avait jamais avouée et qui me blessait toujours malgré mes trente-neuf ans. Je réclamais un vrai échange, celui qui n'arrivait qu'une fois dans une vie, celui où on se livrait entièrement et où on se pardonnait tout. Était-ce trop tard ou devrais-je le faire face à un ordinateur humanoïde ?

J'avais suivi en tout point son parcours, inspiré consciemment ou non par sa façon de vivre. J'étais parvenu à être le bon footballeur qu'il voulait lorsqu'il était mon entraîneur, je courais plus loin et plus longtemps qu'il ne l'aurait jamais fait et j'avais réussi les mêmes études que lui (à sa grande surprise)… Étrange dévotion d'un gamin à un homme qui pourtant ne lui avait pas gratifié la fierté attendue durant le long chemin de l'adolescence.

Il me dévorait d'envie de le lui dire. Ce besoin de franchise se faisait sentir d'autant plus fort que les jours passaient. Je savais qu'à chaque crépuscule, sa lumière pouvait à tout moment s'éteindre mais… plus la maladie avançait, moins je ressentais le courage d'une curative vérité. Qui étais-je pour juger un malade dans son linceul ?

C'était à l'aurore d'un mardi estival que le destin se joua de moi. La chaleur était déjà prégnante malgré les petites heures de cette journée qui s'annonçait ensoleillée et radieuse. Je reçus un appel de sa garde-malade qui était affolée. Son patient était inconfortable et elle me le décrivit très agité, hyperventilant sur une détresse respiratoire que ni des paramètres augmentés du respirateur, ni des médicaments, ne savaient juguler. Sans autre aidant proche, elle fut résignée à demander secours au voisin infirmier.

Cela faisait presque un an que je n'avais pas traversé les centaines de mètres du bois qui nous séparait et je fus, comme à l'habitude, subjugué par le spectacle auditif des oiseaux qui entonnaient avec vigueur leur symphonie.

À l'approche de l'hospice domestique, la mélodie fut chahutée par les clairons du monitoring qui carillonnaient. En entrant dans la dépendance, je me retrouvai devant Charlotte, son aide-soignante, désemparée.

Mon voisin était grisâtre et je ne m'attendais pas à le voir dans cet état. Son anxiété était palpable et en le regardant droit dans les yeux, il me cria de lui apporter de l'oxygène, son esprit gesticulait tellement dans son corps immobile que j'avais l'impression qu'il aurait pu m'étreindre pour me supplier de l'aider.

Je travaillais en cancérologie et j'avais accompagné des dizaines de personnes durant leur dernier souffle. Ce moment si précieux qui pouvait souvent se lire dans leur regard. Un temps suspendu où chaque geste posé doit être rempli de chaleur, de réassurance et d'humanité. Ce détail, dans ses yeux, ne m'échappa pas et cela me glaça le sang.

Sa souffrance était tant palpable que j'en avais mal pour lui. Le voyant couché, prêt à passer à autre chose, je n'avais plus aucune rancune. Tout sentiment d'amertume disparaissait. Qu'avait-il fait de mal pour purger une peine si violente ? Rien. Si ce n'est qu'être un homme commun à mille autres, avec ses faiblesses et surtout ses qualités. Le bilan était fait, il m'avait transmis bien plus que je n'aurais espéré.

En une fraction de seconde, je m'approchai suffisamment de lui pour l'étreindre d'une inhabituelle marque d'amour. Je lui chuchotai alors d'une voix calme et sereine :

— Ça va aller. Ta crise va céder. Je suis près de toi.

Pendant que mes pensées s'égaraient sur sa condition et attendaient que son concerto visuel me dicte sa réponse, je ne pouvais que me résoudre à le trouver, une nouvelle fois, le plus courageux. Un long silence se fit pendant lequel il gesticulait des yeux vers l'ordinateur et puis enfin, une voix robotique sortit de la machine :

— Merci d'être là. Ne pars pas !

— Je reste avec toi, promis. Mais il fait si beau dehors que je vais te porter pour que tu y prennes un bain de soleil. Tu y seras bien : les oiseaux chantent, c'est un spectacle merveilleux !

Nous sommes sortis ensemble tant bien que mal avec l'aide de Charlotte et tout son matériel portable. Bien installé face aux rayons du soleil, mon modèle était devenu d'un gris triste mais toutefois, cela faisait bien longtemps qu'il n'avait pas présenté un visage aussi lumineux. Il semblait serein.

Nous avons coupé le son des alarmes de son respirateur pour n'entendre que le piaillement des oiseaux. Et après quelques minutes, je décidai d'interrompre ce moment de quiétude.

— Papa ? Je voulais te dire quelque chose.

Pas de réponse. Sa tablette était restée à l'intérieur et son regard était rivé, droit devant, vers la nature.

— Papa, je t'aime. Merci pour tout l'amour que tu m'as donné.

Une période de sérénité.

Son visage était statique mais des larmes remplissaient ses yeux.

Quinze minutes plus tard, après un long moment d'échange silencieux, un moment comme je ne l'avais jamais espéré, les monitorings se turent et il avait trouvé la paix.

Nolwenn BELLOT

Nolwenn est tombée dans la marmite de la fiction dès son plus jeune âge. Participante régulière des ateliers d'écriture de sa ville, elle se plaît à construire des univers tantôt sombres, tantôt loufoques. Sa plume acérée sonde les travers de l'âme humaine et les absurdités de notre société actuelle. Ses personnages ont beau parfois être de véritables ordures, elle déclare les aimer tous. Ce texte est sa première publication depuis la parution de sa mini-nouvelle *Te l'ai-je assez dit* dans la revue littéraire *Muze* (2007). Elle écrit actuellement un roman.

Instagram : @nolwennbell_ecriture
Facebook : Nolwenn Bellot (Page Autrice)

Un dimanche au vide-grenier

Par Nolwenn Bellot

Ils sont nombreux à défiler dans les allées, à flâner ou s'arrêter. Certains se heurtent, murmurent un pardon, s'esclaffent un instant d'avoir hâté le pas. Il est joli ce tableau-là, derrière le stand de celle qui joue à la marchande. Allons voir de plus près, tâter le bois, effleurer les carrés de soie.

Les mains retournent les assiettes ébréchées pour y lire la marque, à tous les coups du Henriot, il y avait les mêmes chez la grand-mère et pour un peu, on s'y croirait. Promeneurs du dimanche, collectionneurs ou simples curieux, ils se bousculent au vide-grenier de Combey-les-Glycines.

Les vendeurs d'un jour ont réservé leur emplacement des mois à l'avance. J'en ai vu bon nombre pousser la porte du cabinet de Sabine, au moins un membre par famille. Livrer des instantanés de leur existence, tirer le fil des générations. J'en ai entendu des lapsus, des renoncements, des mots qui trébuchent sur l'indicible.

Calée contre le mur, j'ai compté les heures comme on compte les silences. Mes aiguilles ne courent plus sur le cadran. C'est toujours Sabine, montre en main, qui sonne la fin de la séance. Elle a mis mon mécanisme en sommeil. Je parlais trop fort. Ça déconcentrait les patients.

Ce matin, elle m'a installée sur un trottoir couvert d'une nappe à fleurs. Ce bout de tissu, je l'ai connu bien avant elle. J'ai suivi la famille Escoffier depuis l'atelier qui m'a confectionnée, à Nantes en 1903, jusqu'à l'ouverture du cabinet de l'arrière-petite-fille, à Combey-les-Glycines. Sur notre portion de trottoir, les cartons débordent de vaisselle et de livres aux couvertures marbrées. Des vieilleries, comme mes rouages. J'espère qu'elle ne cherche pas à se débarrasser de moi.

— Madame, la buvette se trouve à cent mètres. Dites-moi si vous voulez prendre une pause. Je garderai le stand pour vous, dit l'agent de mairie.

— Merci. C'est gentil, mais mon mari va me rejoindre.

Cette dame en face, c'est Coralie Brocard, la patiente du jeudi soir. Elle adresse un signe de la main à Sabine, avant de saisir un cintre et une tunique à l'imprimé façon foulard. Cela fait six mois que Coralie parle de ses kilos en trop. Sabine la salue à son tour.

— J'espère pour vous que les affaires seront bonnes.

— Je vous le souhaite aussi, répond Coralie.

Au loin, les bras chargés de sacs desquels des jouets menacent de s'échapper, s'avance celui que je devine être le mari de Coralie. Il est tel qu'elle l'a décrit : il porte un bermuda en jean aux bords élimés et un t-shirt des

Guns N'Roses, au logo partiellement dissimulé par ses longs cheveux. Précédé de leurs deux enfants, il s'arrête devant le stand du disquaire. La jeune fille Brocard se retourne vers son père, alors que le petit frère poursuit sa marche.

Coralie accueille son fils et ses jeux de société.

— Maman, tu crois que je vais pouvoir m'acheter combien de jeux vidéo ?

— Pose ça là. Et ta sœur, elle va nous rejoindre ?

— Chais pas. Elle discute avec Antoine et papa.

Coralie soupire.

— Vous voyez, madame Escoffier. Moi qui parlais de cohésion familiale.

— La journée ne fait que commencer, répond Sabine avec un sourire.

— Ma fille aura tout le temps de regarder les disques d'Antoine plus tard. On a un stand à installer.

— Alors, on embauche ses enfants ? demande le voisin de stand. Vous n'avez pas mieux à leur proposer pour un dimanche ensoleillé ?

— Visiblement, vous n'avez pas mieux à faire non plus, rétorque Coralie.

À l'air renfrogné du bonhomme, je reconnais Dumortier, le voisin de la famille Brocard. Celui que j'ai vu deux ou trois fois au cabinet, lorsque sa femme est partie. Ce matin, il est venu avec une brouette aux trois quarts rouillée. Il commence à empiler une collection de casseroles, d'outils de jardin et une machine à coudre.

— Y a plus de respect, ajoute Dumortier.

— Allons, essayons tous de passer une journée agréable, dit Sabine.

Laurie rejoint Coralie et son frère en traînant les pieds. J'imagine qu'elle pense à la journée entre copines que sa mère lui a fait rater. Elle en parlait encore à Sabine, vendredi dernier : si ça ne tenait qu'à son père, elle serait la tête en bas, à rouler sur les rails d'un grand huit. Au lieu de ça, elle s'apprête à passer un dimanche coincée entre sa mère et son petit frère.

— Je suis contente qu'on passe cette journée ensemble, lui dit Coralie.

— C'est grave cool, répond Laurie, avant de reprendre la lecture de son manga.

— Maman ! Regarde ! Je vais vendre des peluches !

— Sérieux ? Tu crois que quelqu'un va vouloir de tes trucs mités ? La honte.

— Laurie, laisse ton frère tranquille. Aide-moi plutôt à installer la penderie.

Coralie y accroche son blouson en cuir.

— Il me suffit de le regarder pour replonger dans les années 1990. Laurie, tu es sûre que tu n'en veux pas ?

— Porter une peau de cadavre ? Plutôt crever.

Coralie sort une madeleine de sa poche. Depuis quelques mois, les sucreries ont remplacé la cigarette. Sabine lui a bien dit qu'il est sain qu'une adolescente s'oppose à sa mère, elle peine à l'accepter.

Une voix retentit dans le haut-parleur : *Bienvenue à tous ! Vendeurs, acheteurs, trouvez ici votre bonheur ! On remercie monsieur le maire, sans qui cet événement n'aurait jamais vu le jour !*

Des applaudissements se font entendre.

— Ils applaudissaient moins quand le maire a fait installer des barricades, le jour de la manif, dit Dumortier.

— Je vous croyais de droite. On en apprend tous les jours, lui répond une femme au cou orné d'un long collier de pierres mauves. Elle distribue des flyers.

Le jeune fils Brocard le lit à voix haute : *Partez à la découverte de vous-même. Un mini-coaching gratuit toutes les heures. Allée B, stand 24. Reine Toscani, Révélatrice de Potentiels.*

— Quelle connerie ! souffle son père. Il pose ses sacs sur le stand.

— Voilà une chose sur laquelle nous sommes d'accord, remarque Dumortier.

— Voilà un jugement bien péremptoire, dit Sabine.

Le reste du temps, les Brocard et Dumortier ont rarement l'occasion de s'entendre. En deux séances chez Sabine, Dumortier a retracé l'historique de ses malheurs de voisinage. Tout a commencé avec la glycine. Le retraité a beau couper les branches de son côté, elles repoussent chaque année. Une plante aussi envahissante que la musique de ses propriétaires. Deux dimanches par mois, les bruits de caisse du mur mitoyen se propagent dans son salon. Stéphane Brocard se prend pour une star du rock avec son ami disquaire.

C'est Coralie qui a proposé à Stéphane de participer à ce vide-grenier. *Avec ce qu'on aura vendu, il pourra faire insonoriser le garage et continuer de jouer tranquille.* Pourtant, elle n'a jamais vraiment porté dans son cœur cet Antoine instable et ses tatouages. Elle est sûre que c'est lui qui a donné à sa fille l'idée de s'encrer la cheville. *Encore heureux que l'endroit ne soit pas trop visible,* a-t-elle admis devant Sabine.

— Regardez où vous posez vos affaires, dit Dumortier. J'ai pas payé cinquante euros la journée pour qu'on me marche dessus.

L'agent de mairie s'arrête devant le stand de Sabine.

— C'est une belle horloge que vous avez là.

— Merci. Elle a connu plusieurs générations.

— À 12h30, nous décernerons un prix aux vendeurs des pièces remarquables. Souhaitez-vous y participer ?

— Pourquoi pas.

— Alors, je vous invite à aller déposer votre horloge sur l'estrade, devant la mairie.

Le haut-parleur crépite. *Attention : l'atelier coaching de 11 heures est annulé.*

Stéphane ricane.

— Quelle plaie, ces coachs. Le pire, c'est qu'ils vont eux-mêmes se faire coacher. C'est sans fin.

— Papa, imagine, t'es coach de coach de coach !

Le petit Brocard arrive à décrocher un sourire à sa sœur. Reine Toscani interrompt leur discussion.

— Vous n'auriez pas vu ma mère ? Mince, les cheveux attachés, une veste beige ?

— Non, répond Sabine. Vous pensez qu'elle s'est perdue ?

— Elle a encore fugué, lui répond Reine. Je n'aurais jamais dû accepter qu'elle m'accompagne.

L'ancienne commerciale a espacé ses séances chez Sabine depuis qu'elle héberge sa mère. Elle n'a plus son mari sur le dos. Les garçons sont partis étudier. Elle ne va pas s'encombrer d'un nouvel enfant, alors qu'elle est en train de se réaliser. Reine s'est rarement sentie aidée au cours de sa première vie. Alors son nouveau créneau, c'est d'aider les autres à se réaliser.

— Je dois déposer mon horloge devant la mairie, mais je vais vous aider à chercher votre mère. Monsieur Dumortier, je peux vous emprunter votre brouette ?

— Si vous voulez.

Le retraité aide Sabine à me soulever. Une main posée sur les bords de l'engin rouillé, Reine essaie tant bien que mal de rectifier la trajectoire, tout en cherchant sa mère des yeux. Nous manquons de renverser une lampe. Les gens ne se gênent pas pour commenter notre marche en zigzag. *On dirait Toscani, la voisine du bout de l'impasse. Quand je pense qu'elle exerçait une profession normale, avant. On se demande ce qu'elle fabrique avec toutes ses pierres. Finalement, elle est aussi timbrée que sa mère.*

— Ne vous inquiétez pas pour moi, dit Reine à Sabine. J'ai l'habitude.

Une heure plus tard, je remporte le premier prix du vide-grenier, catégorie « Objets hors du temps ». Un comble pour une horloge.

Sabine revient me chercher, accompagnée de Reine. Un agent s'avance vers nous :

— Madame Toscani, nous avons retrouvé votre mère.

— Où ça ?

— Chez le disquaire.

Nous trouvons la mère de Reine penchée au-dessus des bacs à vinyles.

— Et du tango, vous êtes sûr que vous n'en avez pas ?

— Ici, on est plutôt spécialisé rock, lui répond Antoine.

Il range un disque des Doors. Depuis le retour en force du vinyle, il songe à donner un tour plus sérieux à cette activité occasionnelle. *Stéphane et moi ne ferons jamais carrière. Autant contempler celles des autres imprimées sur pochette,* a-t-il dit un jour à Sabine.

— Dommage. Quand j'ai quitté Naples pour Paris, j'ai couru les bals avec ma sœur. J'y ai rencontré mon mari.

— Allez, maman, on y va, lui intime Reine.

— Lâchez-moi ! crie la vieille dame, les lèvres tremblantes.

Autour de nous, les gens regardent ailleurs.

Sabine et moi reprenons place sur notre bout de trottoir. L'allée ne désemplit pas. Il y a un peu moins d'articles sur le stand de la famille Brocard. Dumortier réorganise son étal.

— Vous partez ? lui demande Coralie.

— Oui. J'en ai assez et je n'ai presque rien vendu.

Les casseroles à confitures continuent de briller sur leur planche.

— J'ai une idée, dit le fils des Brocard.

Il griffonne quelques lettres sur un bout de carton.

— Voyons voir ce que tu m'as écrit. *Dispositifs sonores portatifs,* lit Dumortier.

— Avec ça, vos casseroles vont vite partir !

Dumortier pose la pancarte et se racle la gorge. Sur les stands voisins, tous les visages se tournent alors vers Reine Toscani, qui traverse l'allée en courant : *J'en ai assez ! Assez !*

Elle disparaît au coin de la rue, derrière le food truck.

— Encore la voisine, constate Dumortier. Pour quelqu'un qui canalise les énergies, elle devrait apprendre à se maîtriser.

Le haut-parleur se met à crépiter : *Attention ! Dans deux heures, notre vide-grenier fermera ses portes.*

L'agitation gagne les vendeurs. Certains retournent à leur remorque, rapportent des valises. D'autres commencent à constituer des lots.

— Je rentre à Naples sur-le-champ ! crie la mère de Reine Toscani.

— Maman ! Reviens ici !

Reine hâte de nouveau le pas dans l'allée, se fraie un passage entre deux croûtes et une roue de vélo fatiguée.

— En tout cas, l'énergie circule, dit Laurie.

Sabine commence à emballer la vaisselle invendue dans du papier journal. Un couple, les bras chargés de rouleaux de tissu vichy rouge, se place devant son stand.

— C'est vous qui avez gagné le prix ?

— Oui, c'est bien moi, ou plutôt mon horloge.

— Elle marche encore ?

— Bien sûr. C'est du solide.

Du côté des Brocard, le blouson en cuir n'a pas quitté son cintre.

— Tu te souviens que tu le portais quand on s'est rencontrés ? demande Stéphane à son épouse.

— Ah, parce que ça a vraiment été stylé un jour ? balance Laurie, tout en rendant la monnaie à l'acheteur de ses livres.

— Je crois que je vais le garder, dit Coralie.

Stéphane saisit les billets des mains de sa fille.

— J'ai repéré une vieille guitare au bout de l'allée. J'irais bien voir si son prix a baissé.

— Est-ce qu'on a assez pour les travaux du garage ? demande Coralie.

— Ne vous donnez pas cette peine, énonce Dumortier. Dans six mois, j'aurai déménagé.

— Vous partez loin ?

— Là où les glycines ne poussent pas.

J'en ai compté, des visiteurs. Ceux qui n'ont fait que passer, ceux qui sont revenus pour voir une dernière fois, celle perdue dans la foule qui aurait voulu retourner en Italie. On a caressé ma peau, remonté mon mécanisme, examiné la peinture qui s'écaille.

Je me sens un peu à l'étroit, au fond de cette camionnette. À mes pieds, le vichy a remplacé la nappe à fleurs.

Merci, Priscilla, de m'avoir proposé de rejoindre Les Auteurs Masqués, que je remercie chaleureusement de leur accueil. Un grand merci également à mes tout premiers lecteurs, Eugénie, Kevin, Céline et Marie-Claire qui, par amitié, ont accepté de m'accompagner dans cette promenade dominicale.

Salvatore MONTALBANO

Dans l'artistique depuis ses 14 ans, Salvatore a été édité par une maison d'édition qui travaille par souscriptions en 2000. Après avoir participé à plusieurs concours et aux recueils Histoires de Confinés et Histoires de Magie avec les Auteurs Masqués, il vient de terminer son troisième roman.

Abîmes

Par Salvatore Montalbano

J'étais vraiment sur mon petit nuage. L'air était tellement sain qu'il en devenait presque inexistant. Pour accéder à un niveau supérieur de conscience, il me fallait montrer patte blanche à un vieux sage affublé d'une longue barbe. Oh, il ne payait pas de mine à première vue, mais je vous assure que, quand il vous parlait, vous ressentiez au plus profond de vous-même la force et l'intensité qui émanaient de lui. C'est comme si toutes les connaissances que j'avais accumulées tout au long de ma vie lui étaient déjà acquises, alors qu'il donnait l'impression de n'avoir jamais mouillé sa chemise.

Il prit la parole ; sa voix grave me conquit instantanément.

— Qu'est-ce qui vous fait penser que vous êtes digne de rejoindre notre belle communauté ? demanda-t-il, un brin malicieux, scrutant mon visage par-dessus ses grosses lunettes de vieux savant.

Je n'avais pas droit à l'erreur, et la réponse que j'allais lui opposer pourrait me charger de regrets pour le restant de mes jours. Aussi, devais-je prendre le temps de peser mes mots.

Il ne m'en laissa pas la possibilité.

— Très bien, je vais vous aider, sourit-il. La première fois que les gens arrivent ici, ils sont comme vous : ébahis et quelque peu désorientés. C'est normal. Racontez-moi simplement pourquoi vous êtes devant moi… Tout homme vit des drames personnels, peu sont capables d'en faire une force. Parce qu'il s'agit d'un drame, n'est-ce pas ?

Je hochai la tête, sentant mes larmes affluer.

Hé oui, il avait raison, le vieux hibou… C'est bien un épisode dramatique de ma vie qui m'avait décidé à partir à la recherche d'autre chose. Je revoyais cette salle comble, les poussières qui virevoltaient dans les airs à la lueur des projecteurs braqués sur moi, m'aveuglant presque. Me revint ce sentiment ambivalent, lié à la double sensation d'être à la fois protégé — grâce aux lumières, je ne pouvais distinguer personne dans l'audience — et surexposé.

Je savais qu'*ils* étaient là.

Ces êtres malfaisants, tapis dans chaque recoin sombre du bâtiment, ou agglutinés contre un mur. Ils me fixaient. Exaltés ou haineux, surpris ou vexés, aimables ou corrosifs. Je pouvais presque voir leurs petits yeux rouges me tancer, et leurs têtes de fouines ricaner en silence, d'un regard entendu.

— J'étais ténor, commençai-je. Il y a bien longtemps… On pourrait presque dire : dans une autre vie.

Cette remarque le fit sourire à moitié et fermer les yeux, les lèvres plissées. Je ne compris pas de suite pourquoi.

— Et vous avez chanté où ? me questionna-t-il, tête baissée et oreille tendue, très à l'écoute.

— Oh ! Partout, si vous saviez ! m'exclamai-je. Nous avons fait le tour du monde, enchantés et en chantant, me risquai-je à plaisanter, mais il ne releva pas. C'est lors de la dernière tournée que tout a dégénéré.

— Racontez-moi !

Je grimaçai, me replongeant dans mon passé, pas si lointain, finalement. À peine quelques encablures de neurones.

Je revis alors la brume — ou bien était-ce de la fumée ? — la boue et les chars, et entendis hurler mes frères d'armes, priant et suppliant pour qu'on les achève d'une balle dans la tête, qu'on mette fin à leur cauchemar et surtout, à leur agonie. Je me revis, effrayé, grelottant dans ces habits militaires perméables tant à la pluie qu'aux sentiments, m'empêchant de courir aussi vite que je le souhaitais, pour quitter cette terre du diable qui engloutissait le sang versé par une guerre fratricide, entre des êtres qui ne se connaissaient pas, mais étaient devenus, au fil des années, des voisins.

— Nous étions une république soviétique ! Alors oui, d'accord, tout n'a pas toujours été rose, mais chaque homme ne naît pas avec assez de testostérone et insuffisamment de matière grise pour pouvoir tuer un autre être humain sans se poser de question, au nom d'une période révolue depuis plus de trente ans, une certaine Russie…

— Continuez.

— J'aurais dû naître femme ! Je ne me reconnais pas dans ces treillis militaires ! Je ne me reconnais pas dans cette politique qui enferme les gens dans des cases, des carcans ! Je suis artiste, j'ai une sensibilité à fleur de peau. Au moment où Poutine a envahi mon pays, les contingents militaires n'étaient pas bien garnis. Alors, nous sommes montés au front, nous, les civils : avocats, médecins, artistes. Notre propre président était comédien, issu de la société civile : nous ne pouvions pas le laisser tomber. Mais n'est pas un guerrier qui veut ! Si bien que lorsque ma brigade a été décimée à Kharkiv, deux jours à peine après notre arrivée sur le terrain, j'ai fui. Oh ! Je sais, ce n'est pas flatteur comme image. Mais je ne pouvais pas faire autrement. J'étais pétrifié de terreur… Je n'étais pas préparé à cela, et où mon cerveau me rappelait mes obligations patriotes, mes jambes étaient déjà en partance.

— Tout homme n'est pas enclin à tuer son prochain ou son semblable, me répondit le vieux sage. Et fort heureusement ! À votre place, j'aurais sans doute fait comme vous. Expliquez-moi la suite.

— J'ai marché pendant de longues journées, évitant au maximum les routes asphaltées, préférant les chemins de traverse. J'avais moins de chance d'y croiser des brigades ou des blindés. J'étais devenu un paria, des deux côtés des lignes ennemies… Je me suis retrouvé chez d'autres voisins, en Pologne, hébergé par des inconnus. J'étais déprimé, dépressif, accablé de regrets et rongé par le remords. Ce fut extrêmement difficile de parvenir à remonter sur scène. Ma voix ne portait plus, j'avais perdu des tonalités, alors que je couvrais cinq octaves. Un jour, j'ai reçu une lettre. Pas d'enveloppe, pas de timbre… Juste un simple morceau de papier replié sur lui-même et flanqué d'une épingle de nourrice. Au verso, un prénom : le mien. J'ai transpiré…

— Ou espéré ? me coupa-t-il. Parce qu'il pouvait très bien s'agir d'une missive amie.

— Oui, mais c'était plus fort que moi. Cela sentait la

délation à plein nez. Quelque part, dans l'ombre, quelqu'un savait… Je m'en étais ouvert à mon logeur, un brave type, père de famille nombreuse qui veillait sa femme alitée en permanence. Il m'a convaincu d'y aller. De répondre à l'invitation.

— Quelle sorte d'invitation ?

— Une soirée au palais présidentiel ukrainien, en compagnie de Zelensky *himself* et une poignée de militaires. Un concert de gala pour remotiver les troupes. Mon logeur m'a tellement encouragé que j'ai fini par y croire… sans doute parce que je le voulais… J'avais droit à cette seconde chance. Pour me rattraper de ma pleutrerie, et me faire pardonner peut-être, aussi, par les âmes de mes frères tombés au combat et que j'ai lâchement abandonnés derrière moi…

— Vous vous êtes donc retrouvé sur scène… Ces petits yeux rouges dont vous parliez tout à l'heure, ce sont des yeux de rats, n'est-ce pas ? Ils sont rouges tout comme la couleur de l'armée russe, c'est bien cela ? C'est à ce moment que vous avez compris que le piège s'était refermé sur vous ? Vous ne vous êtes pas rendu compte que vous n'étiez pas au palais présidentiel ?

— Non, je m'en suis douté bien avant, en quittant ma cachette en Pologne. N'allez surtout pas penser qu'on est venu me chercher en limousine ! Grand Dieu, non ! J'ai été menotté et embarqué sans ménagement dans un camion militaire jaune et bleu. Ils ont refermé la lourde bâche et l'engin infernal a démarré. Dans les soubresauts provoqués par le mauvais état des routes, ou peut-être à cause du vent, je ne sais pas, la bâche s'est affaissée, et j'ai vu mon logeur recevoir de l'argent par un gradé.

Le vieux sage hocha la tête, comme s'il savait déjà, mais m'encouragea à continuer.

Je lui parlai de mes rêves de jeune chanteur lyrique, cette envie, ce besoin irrépressible de chanter pour un public. Ressentir l'enivrement d'avoir procuré du plaisir, des émotions, telles que je les avais moi-même ressenties lorsque, enfant, mon père m'avait pris par la main et emmené écouter les Chœurs de l'Armée rouge, cette armée — pas encore ennemie à l'époque — de frères russes qui allait devenir mon pire cauchemar d'adulte.

Je lui narrai mes épopées, mes voyages, mes soirs de gala à Paris, Bruxelles, Budapest, ou encore, rêve ultime de tout chanteur lyrique, l'inaccessible étoile : la Scala de Milan.

Je lui contai cet adolescent qui, comprenant qu'il avait un don, travailla son organe, corrigea son timbre, sa diction, sa respiration, dans l'espoir de côtoyer ses idoles qu'étaient Nelepp, Domingo ou Pavarotti, et fouler les planches de tous les opéras du monde, pour représenter l'Ukraine sous les traits de « Turiddu » dans Cavalleria Rusticana, ou autre Boris Godounov.

J'étais essoufflé. Bien qu'aimant être sur le devant de la scène, je suis une personne plutôt réservée, qui n'aime pas beaucoup parler d'elle. Je ne comprenais pas ce qui m'arrivait. Cet être assis en face de moi avait le don de me pousser dans mes retranchements, me faire évoquer des souvenirs lointains. C'était comme une régression, comme si je descendais un escalier vermoulu au fond de ma poitrine.

— Je me suis avancé vers le devant de la scène, et, à la faveur d'un spot mal orienté, j'ai vu…

— Qu'avez-vous vu ?

— J'ai vu… les spectateurs. C'était une salle entière de soldats russes. Tous en uniforme. Pas un sourire. Pas un applaudissement. Le silence hurlait. Il était assourdissant, pesant. Même en pleine possession de mes moyens, je n'aurais jamais pu trouver l'énergie nécessaire pour chanter plus fort que lui. Ensuite… Ensuite, c'est le trou noir. Je ne me souviens plus de rien.

— Vraiment rien ? Vous ne vous souvenez pas avoir chanté, ce soir-là ? Avoir émerveillé vos voisins fratricides, enchanté, ému aux larmes ?

— Des bribes… Une chambre d'hôpital, je crois. Des voix lointaines. Mais tout reste très flou, encore. C'est pour cela que je suis venu, pour me souvenir, pour que… vous m'aidiez…

— Et qui vous a dit que je serais en mesure d'y parvenir ?

— Toutes les belles âmes que j'ai croisées sur ma route, après ma sortie d'hôpital…

Le vieux sage fit à nouveau la moue, et baissa le regard. Ce fut la seconde fois.

Il porta la main à son menton et se lissa la barbe, en cherchant ses mots.

— Fermez les yeux, me dit-il tout bas.

J'obtempérai. Il prit mes deux mains dans les siennes. Des ondes électriques me parcoururent l'échine, remontèrent le long de ma colonne vers mon cerveau, irradiant jusque devant mes yeux. Je revécus alors la scène telle qu'elle s'était réellement déroulée : le public accueillant, joyeux et souriant, applaudissant à tout rompre dès la fin de la *coda*.

Puis, une incursion, par toutes les portes de la salle et tous les pores de ma peau. Des soldats de mon régiment, avec le drapeau de mon pays, petit rectangle cousu sur l'épaule, et dont le prolongement métallique de leur bras armé crachait du feu, de la cordite et des sourires carnassiers, des promesses de déchirements, en chair et en os.

Mes amis, mes frères, mes compagnons d'infortune. Tous étaient là, ricanant dans chaque recoin de la salle, trop heureux d'avoir déjoué les plans du voisin agresseur, et prenant un malin plaisir à voir tomber leurs ennemis, en civil en ce soir de gala, au départ une parenthèse heureuse depuis des mois de combats acharnés.

Ils s'affaissèrent comme des pantins désarticulés, ces ennemis, qui m'acclamaient encore quelques secondes plus tôt, se désintégraient sous les balles de l'armée de mon propre peuple, notre pauvre Ukraine.

Le rideau ne tomba pas, ce soir-là. Juste un voile diaphane, lorsque je reçus ma paie entre les deux yeux.

— Regardez-moi, à présent.

Le décor avait changé : la porte avait été remplacée par une grille en or, que le vieil homme déverrouilla avec un passe attaché à sa ceinture en lin.

Les jours suivants, je repensai longuement à mes voisins russes, cette communauté devenue fraternelle au fil des décennies, et aux combats qui s'ensuivirent.

Après tout, me dis-je… J'étais bien sur mon petit nuage.

Pierre CHASSAING-LÉVY

Photographe, vidéaste et auteur, Pierre aime écrire des histoires qui font rire, sourire ou même juste souffler du nez, des histoires du soir jusqu'à n'en plus pouvoir. Il raconte avec des images et des mots. Vous qui lisez ses lignes, il espère avoir pu vous divertir.

Sur mesure

Par Pierre Chassaing-Lévy

— Alors, comment évolue la relation que vous entretenez avec votre nouveau voisin ?

— Il est mort.

— Ah. Vraiment ? Que s'est-il passé ?

— Je vais devoir tout recommencer.

— Mais, ne me dites pas que c'est vous qui...

— Cette fois-ci, je vais devoir faire les choses bien.

— …

— Merci pour la séance docteur, je me sens beaucoup mieux.

— Ça fera 70€.

Après des années de troubles avec mes voisins dans tous les logements que j'ai occupés, j'ai décidé d'emménager ici. J'ai acheté cette allée et ses deux uniques maisons.

Je vis seul. Mon rêve : enfin trouver un voisin avec qui je m'entends bien.

Le hic, c'est que mon voisin vient accidentellement de mourir.

Mais bon, je n'abandonnerai pas tant que je n'y serai pas arrivé.

Alors c'est parti pour :

Le casting du meilleur voisin

Plein d'enthousiasme à l'idée de rencontrer mon futur parfait nouveau voisin, j'ouvre le bal avec le premier candidat :

— Bonjour, avant de commencer je voulais être sûr que l'annonce était correcte. Parce que le loyer demandé est deux fois moins élevé que les prix du marché actuel.

— C'est ça.

— Seulement, en échange il faut respecter une petite « règle » : être un voisin parfait.

— Perspicace.

— Parfait selon vous, j'imagine, parce que vous avez laissé dans l'annonce une liste non exhaustive de choses à faire entre voisins.

— Et ça vous gêne ?

— Non, pas du tout ! Tant que je peux me loger à moindres frais, vous savez.

— Votre honnêteté vous honore. Alors, si vous commenciez par vous présenter ?

— Super ! Alors voilà, je suis Jean, mais tous mes amis m'appellent Jeannot, ou Jean-Jean ou encore Jeanmie.

— Vos amis ?

— Bah ouais, j'en ai pas mal. J'ai même un couple d'amis qui habite à quelques pâtés de maisons.

— Suivant.

— Mais ? Pourquoi ?

— Je ne suis pas obligé de donner les raisons de mon refus, mais puisque vous insistez.

— Pas vraiment, en fait.

— Vos occupations risquent d'entraver l'éventuelle possibilité d'une relation de voisinage parfaite. Par conséquent, suivant.

— Mes occupations ? Vous voulez dire : avoir des amis ?

— Ce que je veux dire, c'est : « Suivant ».

Manque de chance, plusieurs candidats qui suivirent correspondaient au même profil trop « sociable » de Jean. Heureusement pour moi, l'annonce était bien trop alléchante pour freiner l'arrivée de toujours plus de gens, entre badauds curieux et autres désespérés du logement.

— Candidat numéro 23 !

— Bonjour, je me présente, Elias, votre futur voisin, je l'espère !

— Bonjour Elias. Alors dites-moi, qu'est-ce qui vous a donné envie de postuler à cette annonce ?

— Je ne vais pas vous mentir. Une maison avec de belles prestations, bien située, un appentis aménageable et, pour finir, un loyer ridiculement bas qui ne gâche rien, ce serait une erreur de passer à côté. Cela étant dit, je serais également ravi de créer une plaisante et authentique relation de voisinage avec vous.

— Je vois que vous avez fait vos devoirs.

— On ne peut pas en dire autant de vous.

— Comment ça ?

— Cette maison, bien que tentante, est loin d'être aux normes. C'est une vraie passoire énergétique, sans parler du chauffage au fuel qui est ultra polluant. Vous comptez faire quelque chose pour ça ?

— Oui.

— Quoi ?

— Suivant.

— Espèce de sale bourgeois capitaliste ! Sous couvert d'une pseudo-philanthropie, vous profitez de l'inflation et de la crise immobilière pour jouer avec les prix du loyer dans l'unique espoir de réaliser votre fantasme d'amitié factice censée remplir l'entière vacuité de votre vulgaire existence de rentier ultra-libéral.

— Toujours suivant.

Les jours qui suivirent ne furent qu'une succession de déceptions.

— Et puis j'adore les barbecues du dimanche entre voisins.

— Ah c'est vrai ?

— Par contre, je suis végan.

— Et ?

— Ce sera uniquement des brochettes de légumes du coup.

— Ah d'accord.

— Bon, très bien, si vous insistez, on pourra peut-être rajouter un peu de fromage.

— Je n'ai rien dit.

— Allez, va pour la viande, mais il faut qu'elle soit de qualité alors, et c'est uniquement pour vous faire plaisir !

— Vos convictions n'ont aucun sens.

— Je suis fléxitarien.

— Suivant.

Et ça continue.

— Des soirées ciné entre voisins le jeudi ? Ma foi, pourquoi pas.

— Et vous avez un genre de film que vous préférez plus qu'un autre ?

— Moi, je suis plutôt cinéma français.

— Suivant... hum, allez, laissons-nous une chance. Un film en particulier ?

— Ah oui ! J'adore la tétralogie des Tuche ! Des frites, des frites, des frites, des frites, des frites !

— Ah oui ! Suivant, suivant, suivant, suivant, suivant !

Encore.

— Jouer aux jeux vidéo entre voisins ? Je suis plus un enfant. Vous préférez pas plutôt faire une belote ?

— Suivant.

Et encore.

— L'apéro, c'était mieux avant.

— Suivant.

Jusqu'au dernier.

— Ah moi, vous savez, les voisins, moins je les vois, mieux je me porte.

— Mais ? Vous avez lu l'annonce jusqu'au bout au moins ?

— Oui, je sais, vous êtes à la fois le propriétaire et le voisin. Et une bonne relation de voisinage est la condition requise pour pouvoir être le futur locataire de cette chouette bicoque.

— Et donc ?

— Et ben tout simplement, je pense que la meilleure relation de voisinage possible, la plus cordiale, subsiste dans l'absence de relation.

— C'est une théorie intéressante. Je vais y réfléchir.

— Ah super ! J'emménage quand ?

— Je vais y réfléchir.

— Ah, super...

— Suivant.

Plus rien.

J'ai dit : Suivant !

Aucune réponse. Personne. Le silence absolu.

J'avais réussi à refuser toutes les candidatures d'aspirants locataires.

Personne ne semblait correspondre aux critères minimums pour devenir mon voisin.

Je ne suis pourtant pas exigeant. C'est incompréhensible. Les gens de nos jours sont si compliqués.

Puisque c'est ainsi, je le créerai moi-même, mon voisin.

Travailler 20 ans chez Google, gagner un prix Nobel de Sciences pour mes travaux sur l'Intelligence Artificielle et voilà à quoi ça me sert aujourd'hui, voilà à quoi j'en suis réduit : utiliser mon programme d'IA ultradéveloppée pour l'installer dans un robot qui pourra enfin satisfaire mon besoin viscéral d'une bonne relation de voisinage. C'est pathétique. Mais bon, c'est fait.

— *Initialisation du profil de l'IA, veuillez choisir un modèle existant qui servira de base à ma personnalité.*

— Tu n'as qu'à utiliser mon propre profil, au moins comme ça je suis sûr de ne pas avoir de mauvaise surprise.

— *Très bien. Mon algorithme est en train de copier toutes les données vous concernant. 1) Esprit aiguisé et intelligence hors normes.*

— C'est tout moi ça.

— *2) Culture générale anormalement importante.*

— Euh, oui, je ne sais pas comment le prendre.

— *3) Désir profond de reconnaissance.*

— Pff, comme tout le monde.

— *4) Erreur... Paradoxe repéré sur le sujet modèle... Rêve irrationnel de relation de voisinage parfaite.*

— Chacun son truc. Je rêve ou je me fais juger par mon propre programme ?

— *6) Incapacité totale à nouer un rapport social avec autrui à moyen ou long terme. Tendance asociale voire sociopathe.*

— Je devrais vérifier s'il parle toujours de moi, là.

— *7) Sens de l'humour douteux.*

— Ah si, c'est bien moi.

Je laissai l'IA intégrer le robot androïde que j'avais également conçu pour l'expérience, et j'allai me chercher un café.

À mon retour, une silhouette humanoïde de métal m'attendait fièrement debout.

— Salut le voisin ! Ça va ?

— Ah. Euh. Oui, ça va, on fait aller.

— T'as un truc de prévu aujourd'hui ?

— Non, pas vraiment.

— Tu veux venir boire le café chez toi ? Enfin, chez moi, je veux dire, hahaha !

— (Enfin!) Pourquoi pas, avec plaisir même !

— Si c'est toi qui payes, ça roule pour moi ! Hahaha !

— Je devrais peut-être baisser son niveau de blague par contre...

Et la journée continua à la perfection.

Discussion sans confusion. De café en tisane, de tisane en limonade et de limonade en bière, les mots se délièrent naturellement. J'en vins à oublier son apparence de métal pour ne voir qu'un alter ego.

Apprendre à se connaître soi-même, finalement, c'est complexe et fluide à la fois.

La semaine qui suivit se passa tout aussi bien.

Nous vivions de plus en plus en symbiose. Quel soulagement de ne plus vivre seul et de pouvoir enfin partager ces moments-là avec quelqu'un d'autre que moi, en quelque sorte.

Le mois entier se déroula parfaitement, comme prévu.

Ensemble, nous en venions à organiser l'abécédaire du voisin. Nous avions commencé avec un lundi en A, en passant l'Aspirateur en Armure de chevalier Autrichien tout en étant Alcoolisés. Une très mauvaise idée, mais un sacré fou rire. Le lendemain serait plus soft avec un programme simple en B : Bowling, Billard, Bières et Cigares (oui, nous avions commencé à empiéter sur la troisième journée en C).

C'était tout ce que j'avais toujours voulu expérimenter. Tout ce que j'avais prévu.

Mon nouveau voisin savait ce que je voulais faire, faisait ce que je voulais faire et le faisait quand je voulais le faire.

Je pensais être comblé, et pourtant, quel ennui !

J'étais las de son comportement trop prévisible, trop parfait, trop lisse. Sans surprise.

Impossible de comprendre si j'étais un éternel insatisfait ou si la perfection n'était pas faite pour moi. Il me fallait prendre du recul sur cette expérience.

Je commençai petit à petit à mettre de la distance entre lui et moi.

Le problème, c'est qu'il continuait à calquer son comportement sur le mien. Et dorénavant, il ne se nourrissait plus seulement de mes attentes mais également de mon aigreur.

Au bout d'un moment, nous étions arrivés à un accord tacite d'ignorance mutuelle.

Désormais, je vaquais à mes occupations et lui aux siennes.

D'ailleurs, je ne compris pas tout de suite quelle était son intention lorsqu'il se mit à construire une autre maison à côté de la sienne.

Jusqu'au jour où je vis une queue de personnes se former au seuil de cette troisième maison, dans notre allée qui n'en comptait jusqu'alors que deux, les nôtres.

Tout comme moi avant lui, il avait décidé d'organiser un casting pour trouver le parfait voisin.

Sauf que lui, contrairement à moi, avait réussi à trouver chaussure à son pied de robot après seulement quelques candidats.

Et le voisin qu'il avait choisi, qui allait devenir mon voisin par IA-lliance, c'était mon psy.

Quelle plaie !

La seule personne à me connaître, en dehors de mon IA, venait de me trahir, de me planter un couteau dans le dos. À qui j'allais bien pouvoir parler de mes problèmes existentiels maintenant ?

Et en plus de ça, ils s'entendaient comme larrons en foire mais sans artifice.

Mon IA et un autre que moi nouaient une parfaite relation de voisinage.

Donc, non seulement mon IA s'en sort mieux que moi avec les relations sociales, mais en plus, elle réussit dans ma quête là où j'ai échoué. Je suis vraiment pitoyable.

Entre le dépit et l'ennui, je passais mes journées et soirées à observer ce qui aurait dû être mien. Ce rêve stupide d'une belle relation entre voisins m'avait échappé, mais je pouvais au moins admirer mes voisins y arriver.

Ils avaient même réussi à continuer l'abécédaire du voisin là où nous l'avions arrêté et à le terminer à la lettre Z : Zoo, Zumba et soirée devant le film Zodiac, avec un jeu d'alcool où chacun boit un shot de Zestes de citron (et la tequila qui va avec) à chaque fois que le tueur fait une nouvelle victime. La soirée avait fini tard.

Le lendemain matin, alors que je sortais relever mon courrier, je croisai mon IA de voisin.

Cela faisait plusieurs semaines que nous ne nous étions pas adressé la parole, mais nos regards s'était croisés, et après plusieurs secondes de malaise, je lui ai banalement demandé :

— Alors, comment évolue la relation que tu entretiens avec ton voisin ?

— Il est mort.

— Ah.

Comme une sensation de déjà-vu.

Valentin KAUFMANN

Curieux de tout et jamais rassasié, Valentin Kaufmann puise son inspiration dans la réalité comme la fiction, voire la science-fiction. Son genre préféré ? Les dystopies qui retournent l'encéphale. Son écriture nous questionne et nous fait réfléchir sur la condition humaine et la recherche du bonheur. Avec cette première participation aux Auteurs Masqués, il publie son premier texte.

Paradoxe

Par Valentin Kaufmann

Quand Jonathan Darben, le gardien de la résidence Beaumont, entendit un bruit sourd en provenance de la rue, il quitta son guichet pour se diriger vers la porte d'entrée. Il remarqua une masse sombre étendue sur le trottoir et se précipita à l'extérieur. Il reconnut un résident et s'accroupit pour l'aider.

— Monsieur Hauser, ça va ?

Max Hauser se redressa en prenant appui sur le bras salvateur du gardien.

— Je crois que ça va.

— Ça pour une gamelle, c'est une belle gamelle. Vous êtes trempé !

Le jeune homme avait atterri dans une vaste flaque d'eau qui s'était formée juste devant l'entrée de l'immeuble. Monsieur Darben passa son bras autour de sa taille et le soutint jusque dans le hall.

— Merci, Jonathan, je n'ai rien de cassé, si ce n'est ce

complet que je peux envoyer chez le teinturier.

Pour toute réponse, le gardien haussa les sourcils, le précéda vers l'ascenseur et appuya sur le bouton d'appel. Max le remercia encore une fois en pénétrant dans la cabine. Darben retint la porte.

— Oh ! J'oubliais presque. Monsieur Ingold vous fait savoir que le début de la soirée qu'il organise chez lui est repoussé à vingt heures trente. Un souci avec le service de catering à ce qu'il paraît, ajouta-t-il avant de retirer son pied de la porte qui se referma dans un cliquetis métallique.

La petite sauterie chez Arthur Ingold, le richissime et excentrique locataire du 403. Max l'avait presque oubliée. Il se frotta les tempes. Un mal de crâne carabiné le faisait souffrir. Il avait dû se taper la tête en chutant. Une bourrasque de vent l'avait probablement plaqué au sol en sortant du taxi. *Suis-je rentré en taxi ou à pied ?* se demanda-t-il en entrant dans son appartement.

Après s'être débarrassé de ses vêtements, il avala deux aspirines et se dirigea vers la douche. Il s'installa ensuite sur son canapé, soulagé de constater que son mal de crâne commençait à s'estomper. Il avait comme une impression de gueule de bois. Avait-il trop bu ? Cela pouvait expliquer son black-out. Il ne se rappelait plus exactement ce qu'il avait fait avant de rentrer. Il consulta son agenda électronique. À quinze heures, il était allé chez son éditeur. Et après… rien. Il avait un trou de mémoire et ne se souvenait que vaguement des dernières heures, comme quand une sensation de « déjà-vu » enfume l'esprit et le plonge dans les vapeurs de l'oubli. Après tout, sa vie d'écrivain suivait depuis quelque temps une routine monotone. Chaque jour, chaque semaine, chaque mois ressemblait au précédent. Il s'allongea et se mit à somnoler.

Une volée de notes mélodieuses interrompit son demi-sommeil. Il venait de recevoir un message de Tam, une autre résidente du Beaumont. Célibataire tout comme Max, ils s'étaient liés d'amitié, et ce fut sans la moindre hésitation qu'il lui avait promis de l'accompagner à la petite fête organisée par Ingold.

Tam : Tu reçois ce message ?

Max : Oui.

Tam : Rejoins-moi au huitième étage.

Max : Qu'est-ce que tu racontes ? Il n'y a que sept étages…

Tam : Dans l'ascenseur, appuie sur 7-7-7-0-0-1

Max était en train de se demander si elle était devenue folle ou si le message qu'il avait reçu était destiné à quelqu'un d'autre, lorsqu'on frappa à la porte. Il dut étouffer un rire en découvrant que sa voisine se tenait devant son appartement. Elle était resplendissante dans une robe de soirée noire qui lui allait à ravir.

— Ah, je vois, tu es du genre à faire des blagues potaches…

— Pardon ? Tu me trouves mal habillée ? lui répondit Tam en prenant un air faussement indigné.

Un nouveau message parvint à Max. Il lui tendit son téléphone en fronçant les sourcils.

— C'est quoi ce texto : « Tu peux la sauver » ?! Si ce n'est pas toi qui m'envoies ça, alors qui ?

Elle haussa les épaules et sortit son mobile de son sac

pour l'agiter devant son visage.

— Tu dois connaître une autre Tam. Ça ne vient pas de moi.

— Merde, marmonna-t-il, en pianotant nerveusement sur son écran, on essaye de me hacker. Voilà, numéro bloqué. Enfoiré va !

Tam fit la moue.

— Tu comptes te rendre à la fête en sous-vêtements ?

***

Arthur Ingold accueillit les deux retardataires à bras ouverts. Une vingtaine d'invités prenaient part à la fête. Ils étaient répartis en groupes de trois à cinq personnes, et devisaient joyeusement sur les sujets les plus variés, une coupe de champagne à la main.

— On fricote avec ses voisines ? demanda malicieusement Ingold en prenant Max à part.

Le jeune homme se défendit d'être animé par une quelconque arrière-pensée en venant ici avec Tamara Backer. Il n'allait tout de même pas lui avouer qu'il attendait plus de cette relation…

Ingold présenta Max à Richard Stanton, un professeur de physique à la retraite.

— Arthur m'a confié que vous êtes nouvelliste ? C'est intéressant. Quel genre d'histoires écrivez-vous ?

— De la science-fiction principalement. C'est un peu dans votre domaine, en fait. Je pourrais bénéficier de votre expertise.

— Certainement, je vous lirai volontiers pour vous donner mon avis. J'espère toutefois que votre récit n'a rien à voir avec ces bêtises « new age » qui se servent de la théorie quantique pour justifier toutes sortes de croyances ridicules et enrichir leurs gourous…

— Non, je vous rassure. Je travaille actuellement sur une nouvelle qui traite des paradoxes qu'engendrent les voyages dans le temps. Je pense par exemple à celui de l'homme qui remonterait dans le passé pour tuer son père, et qui se priverait ainsi de la possibilité de naître dans le futur.

Tamara tira légèrement sur la manche de Max pour attirer son attention.

— Je ne me sens pas très bien. Je m'absente un moment, le temps d'avaler un cachet chez moi et je reviens.

En s'en allant, elle déposa furtivement un baiser sur la joue de Max qui en resta bouche bée. Son parfum musqué et cette soudaine marque d'affection le déconcentrèrent. Le jeune homme éprouva le plus grand mal à se replonger dans la conversation avec Stanton. Il parvint néanmoins à reprendre le fil de la discussion. Pour Stanton, les lois de la physique ne permettaient pas les miracles et les tours de magie. Ainsi, l'univers ne pouvait pas produire de paradoxes comme celui de remonter dans le temps pour en modifier le cours, ou de multiplier les pains et de marcher sur l'eau…

— Si un jour vous observez une telle aberration, lui assura Stanton, vous saurez alors que vous vous trouvez dans une simulation. L'imagination, la fiction et donc par extension la mémoire d'une IA, sont les seuls endroits où ces paradoxes sont envisageables.

— L'idée de faire partie d'une simulation, comme dans le film Matrix, a quelque chose d'effrayant. Et puis, je me demande pour quelles raisons une civilisation avancée pourrait avoir envie de créer un univers aussi détaillé que le nôtre. Par amusement ? Par accident, peut-être ? On peut imaginer une IA devenir consciente et ne pas réaliser pleinement sa nature. Elle chercherait à savoir qui elle est à travers nous, ses propres créations…

— Par exemple. Ou alors dans un but de recherche scientifique ou sociologique. Une culture évoluée pourrait concevoir un monde virtuel pour étudier des phénomènes complexes ou explorer des questions difficiles à résoudre dans leur réalité. Après tout, nos modèles informatiques météorologiques sont des simulations… aussi imprécises et peu fiables soient-elles ! ajouta finalement Stanton avec un petit gloussement de satisfaction.

Tam s'était absentée depuis une demi-heure lorsque Max décida de l'appeler. Son téléphone refusa d'établir la liaison : le numéro composé était bloqué. Après l'avoir retiré de la liste des indésirables, il reçut coup sur coup deux textos :

Tam : Max, je dois faire une allergie à quelque chose. Peux-tu demander à Arthur s'il y a des amuse-bouches à base de cacahuète ?

Tam : Peux plus respirer.

Affolé par le dernier message, il se précipita hors de chez Ingold et courut jusqu'à l'ascenseur. Tam logeait au 508. Il frappa à la porte de son appartement, mais n'attendit pas plus de deux secondes avant de la pousser, redoutant le pire. Tam était étendue au sol, face contre terre. Elle tenait encore son téléphone dans la main. Plus loin, il vit une boîte de Fenistil. Tam avait vraisemblablement subi une violente réaction allergique et avait avalé un antihistaminique pour se soulager. Elle ne lui avait jamais confié être allergique à quoi que ce soit.

Max pâlit en la retournant. Elle ne respirait plus. Il plaça ses doigts sur sa carotide, mais ne décela aucun pouls. Sans plus attendre, il posa ses mains sur sa poitrine et appuya avec force, espérant faire repartir son cœur. Il avait compté les compressions à voix haute, mais n'avait pas entendu de réponse. Il se pencha sur son visage et souffla dans sa bouche, mais ne sentit pas de souffle en retour.

Il pratiquait le massage cardio-pulmonaire depuis dix minutes lorsque Max sentit les larmes lui monter aux yeux. Il ne pouvait pas la perdre, pas elle, pas à ce moment-là. Tam était en pleine forme une heure auparavant. Ils avaient ri et flirté ensemble, et maintenant elle était là, couchée sur le dos, inerte, foudroyée en plein vol à cause d'une poignée de cacahuètes ? Cela n'avait aucun sens. C'était absurde. Max sortit son mobile de sa poche avant de s'effondrer nerveusement. Il avait relu ses messages, celui qui disait « Tu peux la sauver », et le mystérieux code pour monter au huitième étage. Qui donc lui avait écrit ? Max ramassa le téléphone de Tam et compara les textos des deux appareils. Ils ne provenaient pas de celui de Tam. Il se releva d'un bond. La tristesse s'était effacée de son visage. Il était décidé à découvrir qui se cachait derrière ces messages. Il entra dans l'ascenseur et composa le code « 7-7-7-0-0-1 ». La cabine se mit en branle. L'affichage électronique indiquait : 5, 6, 7, 8 ding !

***

Quand la porte s'ouvrit, un violent appel d'air aspira Max hors de la cabine et le projeta au sol. Une coupure de courant le plongea dans le noir quelques secondes. Le soulagement qu'il ressentit lorsque la lumière revint fut de courte durée. Il n'y avait pas de bouton d'appel à cet étage : il était pris au piège !

Il se trouvait dans une salle entièrement blanche de cinq mètres de côté, avec une petite fenêtre ouverte sur le mur qui lui faisait face. Elle était vide à l'exception d'une table sur laquelle reposaient un ordinateur et quatre moniteurs. La machine était en train de redémarrer, sans doute à cause de la coupure de courant. C'était une installation de vidéosurveillance. Celle-ci repassait l'enregistrement de la soirée. Sur le moniteur 1, il venait de se revoir entrer dans le hall de la résidence à 19 h 30, soutenu par monsieur Darben.

En pianotant sur le clavier, il s'étonna de pouvoir modifier l'angle de vue des images à l'aide des flèches directionnelles. *Si c'est un enregistrement, je ne devrais pas pouvoir faire pivoter les caméras,* se dit Max. Il se souvint qu'il avait emporté le portable de Tam et le sortit de la poche de son veston. Bien que l'idée lui semblât absurde, il écrivit un court message qu'il envoya à son propre numéro : « Tu reçois ce message ? ». Il crut devenir fou lorsqu'il lut la réponse.

— *Oui.*

— *Rejoins-moi au huitième étage.*

— *Qu'est-ce que tu racontes ? Il n'y a que sept étages…*

— *Dans l'ascenseur, appuie sur 7-7-7-0-0-1.*

Après un moment, il ajouta :

— *Tu peux la sauver.*

Après l'envoi de ce dernier texto, Max émit un petit cri de rage lorsqu'il réalisa que c'était à ce moment-là qu'il avait bloqué Tam. Il devait changer quelque chose dans le cours des évènements, sans quoi le passé se répéterait à l'identique. Mais quoi, et comment ?

Max ne pouvait détacher ses yeux des moniteurs. Il revit Arthur les accueillir à la fête, puis Tam en repartir seule un peu plus tard. Tout se déroulait exactement comme avant. Bientôt, Tam allait s'étouffer à cause d'une violente réaction allergique, et une fois encore, il allait la retrouver étendue dans son salon. Désespéré, Max se décida à tenter le tout pour le tout. Il devait sortir de là et se rendre chez elle le plus vite possible. Il enjamba le rebord de la fenêtre, puis se laissa glisser à l'extérieur du bâtiment. Il eut à peine le temps d'entendre la porte de l'ascenseur s'ouvrir avant qu'un courant d'air soufflant de l'intérieur ne le pousse dans le vide.

***

Max vit une ombre se pencher au-dessus de lui et sentit qu'on le saisissait par le bras. Une vive douleur lui parcourut l'échine et remonta jusque dans sa tête.

— Monsieur Hauser, ça va ?

Ses vêtements imbibés d'eau lui collaient au torse et sur les jambes. Il avait froid.

— Je crois que ça va…

— Ça pour une gamelle, c'est une belle gamelle. Vous êtes trempé !

Dans le local 801 situé au huitième étage de la résidence Beaumont, l'ordinateur émit quelques bips et un message s'afficha à l'écran :

Redémarrage système réussi. Paradoxe non résolu. Nouvelle itération de la séquence en cours…

.

Joelle MARTINEZ

Journaliste, réalisatrice et maman de trois garçons, Joëlle Martinez trouve son équilibre dans un savant mélange d'images, d'histoires et de mots. Membre du Collectif Les Auteurs Masqués depuis sa création, elle a également publié *D'ici, d'ailleurs et d'au-delà*, un recueil de nouvelles à quatre mains et *Le Papillon Doré*, un livre pour sensibiliser les enfants à la différence et au handicap.

L'odeur du café

Par Joelle Martinez

Le cœur. C'est un organe particulier quand on y pense. Une sorte de pyramide inversée, d'à peu près deux-cent-soixante-dix grammes. Un muscle creux de douze centimètres. Pas plus gros qu'un poing fermé, pas plus lourd qu'un magazine papier.

Pourtant, c'est l'organe le plus symbolique qui soit. On lui attribue tout, au cœur. Les joies, les peines, la morale. Une certaine intelligence, aussi. Et puis bien sûr la passion, l'amour et la haine. On imagine qu'il saigne, qu'on nous le fend, qu'on nous le brise, qu'on nous l'arrache même, parfois. Qu'il est bien accroché. Gros. Lourd. Joli ou d'artichaut.

On dit qu'il bat en moyenne trois milliards de fois au cours d'une vie. Lorsqu'il s'arrête, on meurt.

Enfin, pas toujours.

Le mien s'est enrayé, un jour. Cessation d'activité, sans préavis. Pourtant, je suis encore là. Différent, mais présent. Enfin, c'est ce que je me dis.

Si je devais vous raconter comment ça s'est passé, je crois que je commencerais par...

L'odeur du café.

Ce matin-là, Marie avait préparé le café en se levant. Elle savait que lui et moi, on entretenait une grande histoire d'amour.

Il était rare que l'on se croise, au début de la journée. Elle partait travailler bien avant que je n'aie le temps d'enfiler mes chaussons et mon peignoir élimé.

Avec Marie, on avait été voisins pendant quelques années, avant qu'elle ne devienne *mon* infirmière. Je veux dire, elle était infirmière et n'avait pas hésité à claquer la porte de son appartement pour venir vivre dans le mien, alors je l'appelais *mon* infirmière.

C'est elle qui m'a appris tout ce que je sais à propos du cœur. Et de bien d'autres choses, d'ailleurs. Elle me disait tout le temps que les femmes ont un cœur plus gros que les hommes. Au sens propre comme au figuré. Ça me faisait marrer, à l'époque.

Aujourd'hui, beaucoup moins.

Elle avait raison, ma Marie, les hommes ont un cœur tout petit. Et souvent mal fagoté.

Toujours est-il que ce matin-là, l'odeur du café m'avait ouvert les yeux et fait sourire bêtement. Ces arômes subtils, ronds et moelleux. Comme un électrochoc sur le cerveau.

Je me disais souvent qu'il fallait quand même que je la remercie de me préparer le café, avant de partir travailler. Le hic, c'est que le soir, je ne m'en souvenais plus.

Je crois donc ne jamais lui avoir dit *merci.* Ni pour ça ni pour rien, d'ailleurs.

Et quand je dis *rien,* je pense à *tout.* Tout ce qu'elle faisait, mon infirmière.

Je m'étais levé et j'avais allumé la télé. BFM. Plus par habitude que par intérêt. Allez comprendre.

À Villecolère, ce matin, les forces de l'ordre ont une nouvelle fois été déployées pour contrer une attaque d'une rare violence. Peu avant quatre heures, deux hommes, armés de courgettes transgéniques, ont fait irruption sur la place du marché, pour scander des slogans anti-glyphosate. Le maire de la ville, escorté en urgence par la Brav-M et l'Unité de Police mobile de Lego City, s'est dit choqué par les élans hostiles qui se propagent dans le pays, depuis plusieurs semaines.

Il allait bien me falloir deux cafés pour me remettre à l'endroit, dans ce monde qui tournait à l'envers.

Le Président de la République vient d'annoncer qu'une cellule psychologique va être mise en place, dans la matinée. Mesmer, l'hypnotiseur star de la télévision, se rendra sur les lieux du drame afin d'effacer la mémoire des riverains les plus affectés.

Tu parles d'une affaire.

Tout captivé que j'étais par ces terroristes en chapeau de paille, j'avais mis du temps à remarquer que Marie était partie.

Partie partie. Pas partie travailler.

Partie comme lorsque l'on part sans avoir l'intention de revenir. Partie comme lorsque l'on quitte quelqu'un après un mariage et quinze ans de vie commune. Partie, sans pansement. Et sans anesthésie. Mon infirmière...

On ne va pas se mentir donc, j'avais mis un certain temps à comprendre qu'elle ne reviendrait plus. Après l'attaque à la courgette, je m'étais laissé engluer dans la sombre histoire d'un juge, mort après avoir mangé un avocat.

Faut dire qu'on a tellement l'habitude de voir, chaque jour, les mêmes choses, qu'au final, on ne les voit plus. Pareil pour les gens. Je crois que c'est ce qui m'est arrivé avec Marie.

D'ailleurs, vous savez à quoi j'ai pensé quand j'ai réalisé qu'elle m'avait quitté ? J'ai pensé : *merde ! Qui va me faire mon café ?*

Oh, je sais ce que vous vous dites. Je le pense aussi.

Je me suis dit ça et puis... Et puis machinalement, je me suis demandé si elle accepterait de continuer à faire mes courses. Et à nettoyer les vitres de la véranda. Et j'ai réalisé que... probablement pas. Pas plus qu'elle n'achèterait les merguez pour le barbecue du dimanche avec les copains. Le repassage des chemises ? C'était mort aussi, à coup sûr. Elle qui me trouvait *si beau* lorsque j'enfilais un costard. Le rendez-vous chez le vétérinaire pour les vaccins du chat ? Pour ma pomme, c'était vite vu. C'était bien ma veine. Je venais de toucher le gros lot. Elle était partie, mais lui, elle me l'avait laissé. Le chat, pas le vétérinaire. Le chat, avec son regard de psychopathe et ses poils aiguisés comme des aiguilles à coudre. Moi qui l'avais en horreur, cet aficionado de la croquette hors de prix.

Qu'est-ce que j'allais devenir ? Voilà ce qui m'avait littéralement paralysé pendant de longues minutes, assis dans le canapé, les yeux rivés sur ma tasse de café.

Qu'est-ce que j'allais devenir, sans elle, pour tout gérer ?

Sous la douche, je m'attendais à ce que la tristesse me tombe dessus, qu’elle me prenne à la gorge et m’étouffe. Je me suis dit que j’allais me mettre à chialer comme un môme, abandonné sur le quai d’une gare, une veille de jour férié. Mais non, rien.

Alors, j’ai attendu. Longtemps. Paraît que c'est pas très écolo, je sais, mais... j'ai attendu. Je ne savais pas quoi faire d'autre.

Et puis d'un coup, c’est venu. Enfin, pas vraiment. Disons qu'au lieu de pleurer, j'ai eu envie de sourire. J'ai pouffé, gloussé et... c'est parti dans un bon gros fou rire qui n’en finissait plus. Le genre de ceux qui vous donnent mal au ventre, qui vous font vous taper la cuisse et pleuvoir des larmes de joie.

J'ai ri parce que j’ai pensé à toutes ces choses que j’allais pouvoir faire, *sans* elle.

Et la liste était longue. Et la projection, jouissive.

Terminée la tannée des séries romantico-médicales. Et Dieu sait qu'on en avait bouffé. C'est simple, je crois que je connaissais le nom de tous les médecins résidents, internes, urgentistes, chirurgiens esthétiques ou Asperger, spécialistes du diagnostic et autres ambulanciers du petit écran.

Adieu aussi les légumes vapeur, le tofu aux herbes et le pain sans gluten. Le Pilates et la course à pied. J'allais me laisser pousser les poils sur le menton, regarder les matchs de l'équipe de France. Même les amicaux. Et puis, chaque soir, je m'enfilerai une bière bien fraîche avant même d'avoir enlevé mes chaussures, dans l'entrée. Sérieux, qu'est-ce qu'elle avait pu m'énerver avec ça ! *On voit bien que c'est pas toi qui nettoies. Sinon, les traces de boue dans la cuisine, ça ne te gêne pas ? Tu sais combien de microbes on trimballe sur une semelle de chaussure ?* Qui ça pouvait intéresser, ce genre d'information ? Et quand bien même elles abriteraient des familles entières de vibrions, c'était pas dans l'air du temps d'accueillir chez soi des réfugiés ? Non, sérieusement, je n'avais jamais compris où était le problème.

Là, dans mon petit carré d'un mètre sur un, avec hydromasseur à jets séquentiels et mitigeur thermostatique, je me suis senti libre, étrangement maître de ma vie, et ça me donnait des envies désinvoltes.

Le Menu Big Fat, triple steak, double cheese et sauce foie gras qui me faisait de l'œil depuis des mois ? J'allais me l'envoyer, dans une merveilleuse symphonie de *Mmmmm !* de *Ohhhhh !* et de *Aaaaaah !*

La voisine aussi, d'ailleurs.

Sylvie ! Sylvie et son petit postérieur d'enfer, moulé dans son jean comme un joli beurre de baratte.

Package. Combo BNV - Bienvenue dans ta Nouvelle Vie, mon gars !

Sous le jet d'eau brûlant qui me tambourinait le dos, j'avais le sentiment de renaître et c'était fantastique.

Pourtant...

Pourtant deux mois plus tard, alors que je mettais un point d'honneur à assouvir, chaque jour, tous les fantasmes de ma liste et que, tout le monde me trouvait « Beau gosse avec ta barbe, là ! » j'ai repensé à Marie et une douleur atroce m'a pris à la poitrine.

Oh ! Je me suis dit que ce n'était rien, qu'il fallait juste que j'arrête de penser à elle. Je me l'étais interdit jusque-là, et le moins que l'on puisse dire, c'est que ça m'avait réussi.

Mais alors que j'essayais de toutes mes forces de chasser son image de mon esprit, mon cœur s'est arrêté. D'un coup. Fin du voyage.

Mes cent-quatre-vingt-dix centimètres se sont écroulés, au beau milieu d'un wagon bondé, sur la ligne 13, quelque part entre la Place Clichy et les Invalides.

Finalement, j'avais eu de la chance de la prendre, tous les jours, cette maudite ligne 13. Si j'avais pris la 7 bis, je serais probablement mort à l'heure qui l'est. Mort, raide ou en état de décomposition avancée, sous un siège dans un wagon désert, du côté de la station Botzaris.

Quand j'ai rouvert les yeux, à l'hôpital, quelques heures plus tard, elle était là. Belle comme un ange.

— T'es vraiment con. Tu m'as fait peur.

Oh ! C'était bien la preuve qu'elle m'aimait encore ça, non ? J'ai sauté sur l'occasion.

— Marie, reviens, s'il te plaît.

— Pourquoi ?

Est-ce qu'il fallait vraiment que je lui parle du café, des merguez pour le barbecue ou que je lui avoue que je ne savais pas où était le maudit aspirateur ?

— Comment ça, pourquoi ?

Peut-être… parce que je l'aimais et qu'elle me manquait, tout simplement ?

J'aurais pu le lui dire, mais… je n'étais pas le genre d'homme à dire ces choses-là et puis...

Et puis la porte de la chambre s'est ouverte. Et Sylvie, la voisine au joli postérieur moulé dans son jean comme un beurre de baratte, s'est précipitée vers moi.

Entre deux sanglots, elle a lâché un : *Oh mon amour ! J'ai eu si peur !*

Et le temps s'est figé.

Arrêt sur image. Regard incrédule de Marie. Moue gênée de Sylvie qui vient de découvrir la présence de Marie, assise à mes côtés, le regard humide.

Déconfiture générale.

Et ça repart.

Envie de mourir. Mais pour de bon, cette fois.

Putain de Big Fat sauce foie gras.

Sans un mot, sans un reproche, Marie a rassemblé ses affaires. Elle est sortie de la chambre et j'ai su que cette fois, j'avais merdé pour de bon.

J'ai demandé à Sylvie de s'en aller. Elle, son jean, son...

J'avais besoin d'être seul. Besoin de pleurer, de la pleurer, de me haïr et de tout lâcher, pour la première fois de ma vie.

***

Depuis deux ans maintenant, je suis officiellement divorcé. Officiellement un imbécile aussi. Une buse, une brèle. Un con. Même si j'essaye de m'améliorer.

Dans la foulée, je suis reparti vivre dans le Cantal. À la mort de mon père, j'avais hérité de sa maison. Enfin de sa cabane, perdue au milieu de nulle part. Le Cantal, quoi.

Terminé Paris, son métro, ses jeans et ses fast-foods. Ici au moins, mon cœur et moi on est tranquilles. D'ailleurs, on a conclu un marché : tant qu'il battra, je l'écouterai. Et vice versa.

On est bien tous les deux. Loin de tout et de tout le monde. Juste lui et moi.

Enfin...

Pour tout vous dire, ce matin, je me suis fait réveiller par un ramdam monstrueux. Mais pas celui des écureuils, non. Un concert de bruits cadencés, lourds, profonds et métalliques, sur la parcelle d'à côté. Un défilé de grosses machines. Le genre de celles qui creusent, qui bétonnent, qui nivellent. Des engins qui braillent et font vibrer le sol.

Curieux, je suis allé jusque-là. De toute façon, impossible de dormir.

Arrivé sur le chantier, une femme s'est avancée vers moi, en me tendant la main. Elle portait un casque et des talons aiguilles. Difficile de voir autre chose que sa dégaine improbable.

— Bonjour, je m'appelle Brigitte. Je viens d'acheter le terrain. Je construis ma maison.

J'ai pensé que j'avais vraiment pas de chance. Je me voyais déjà plier bagage, revendre la cabane et m'exiler dans la Creuse.

Et c'est là qu'elle a dit :

— Vous voulez un café ? J'en ai fait, ce matin. Je vous l'offre de bon cœur.

Et merde. Me voilà bien.

Philippe SPACH

Curiosité et découvertes le rendent libre et l'observation l'inspire. Voyageur dans l'âme, Philippe Spach aime apprendre et offrir. Après des années à New York, il a levé le voile pudique sur le Japon, glissé en Norvège ou dansé au Kenya mais toujours aimé se ressourcer à ses Baronnies provençales. Romans, nouvelles, scenarii de BD le titillent. Il s'agit ici de sa première et joyeuse participation aux Auteurs Masqués.

La Vénus d'Arles

Par Philippe Spach

Une pluie fine et collante englue les tuiles romaines sur les toits devant sa fenêtre. Une éclaircie semble pourtant vouloir crever la longue langue de nuages. Comme le ciel, Maya pleure doucement.

— Tu parles d'un renouveau.

Elle renifle, vire le chat du vieux fauteuil et se cale face à la vue. Les toits offrent la meilleure des cachettes et le dessous des tuiles abrite les oiseaux. Maya aimerait y faire son nid. La jeune fille de vingt ans attrape son téléphone et débute un texto à Yasmine, là-bas, de l'autre côté de la loggia. Ses doigts glissent sur l'écran.

— Je dois t'expliquer.

La réponse ne tarde pas.

— Viens chez moi.

— Non, surtout pas. Je préfère écrire et ne pas sentir ton regard sur moi.

En hiver, à deux pas du cours Mirabeau, au 20 impasse Granet, personne ne gueule à travers les pièces. Aucune mère n'interpelle d'une fenêtre à une autre, les garçons ne s'étalent pas devant le porche d'entrée, pas un père ne fait mine de s'en foutre. Par habitude du jeu des saisons, tous attendent la floraison du mimosa pour réveiller leurs voix.

Maya se souvient. Il y a deux mois, une résonance a empli la cage d'escalier et recouvert tous les soupirs. Ce fut une remise en cause, un bouleversement provoqué par un sommeil éternel.

Julie, la Vénus d'Arles, est partie. Maya doit raconter ce qu'elle sait et ce qu'elle tait. Elle se sent coupable et a mal. « Et puis merde », crie-t-elle en jetant son portable.

Il y a cinquante-neuf jours, le corps de la voisine du dernier étage a été descendu par les escaliers. L'ascenseur est trop petit. Tout le monde, sur le pas de sa porte, a pu se questionner. Tous, sauf la vieille Yasmine qui est sourde et qui n'a rien entendu du brouhaha ambiant.

Le 31 décembre à 19 heures, le sac mortuaire passa lentement devant Bob, devant la famille Nasri, les vieux Bessagne, Maya et sa mère. Il contenait toutes les absences, les solitudes, les oublis et la honte de voir partir celle que l'on croyait déjà envolée vers une scène d'Océanie. Maya avait hurlé. Cet hiver, les chuchotements habituels des occupants devinrent des lamentations. « Nous ne savions pas », « Comment cela se fait-il que nous n'ayons rien su ? », « Rien entendu, rien senti ? »

Ce sac de plastique noir d'étrennes inacceptables descendit les étages, libérant des ressentiments plus bruyants que des coups de feu marseillais. Dans l'immeuble sonnaient les premières mesures d'un *Te Deum*. La mort offrit ce soir-là une leçon sur la résurrection. Pas pour Maya, qui ne croyait déjà plus.

Julie avait quitté la vie avec la discrétion qui l'habitait. Elle avait délivré sa finesse en minimisant ses bruits. Elle venait d'Arles et vivait seule, sans un chat à elle, même si Oscar lui rendait visite depuis les toits voisins. Pour les habitants, elle existait peu. Elle se déplaçait en petite souris aimable et ne faisait de mal à personne. Elle est morte abandonnée. Toute menue, comme la danseuse au ballet d'Aix qu'elle était, jolie Julie n'aimait pas qu'on la remarque. Et tous l'avaient oubliée. « Elle devait être rentrée chez elle ou partie à l'étranger. » Elle n'avait pas trente ans.

Son corps fut découvert par un employé du gaz et un officier de police venus forcer l'entrée. « Momifiée comme un cadavre antique, sans odeur, ou presque ». Elle était décédée depuis trois ans. Des années d'après confinement durant lesquelles chacun avait continué ses activités, montant à l'assaut de l'insondable vie productive. Une momie sans sarcophage ni ornement.

Maya souffre plus que les autres. C'est elle qui a prévenu la vieille Yasmine le soir même. La retraitée est la seule à ne pas gueuler contre elle lors de ses répétitions au violoncelle électrique. L'hiver, Maya ne joue que du classique, au printemps, elle passe au jazz avant d'atteindre *Apocalyptica* au plus chaud de l'été.

Yasmine frôle les quatre-vingt-huit ans et Maya apprécie son calme et ses chats. Anciennement employée chez le fleuriste de la rue Aubin, elle connaît le quartier et ses habitants. Sourde de naissance, elle n'entend rien, mais perçoit tout. Si elle n'a pas vu partir Julie, elle a ressenti un vide. Comme les autres, elle n'a pas frappé à sa porte, ou si, peut-être, une fois ou deux.

La sortie de confinement créa des hallucinations collectives. « Elle a déménagé », avait dit l'un et tous avaient repris, inventant une suite pour effacer le manque d'intérêt porté à son prochain. « Je crois qu'elle travaille maintenant à l'opéra de Sydney ». Sydney, bien sûr. C'est loin et ça permet de discuter, d'échanger entre voisins et de ne pas devoir serrer quelqu'un dans ses bras. « Elle a déménagé juste avant le confinement. »

Après coup, tous culpabilisèrent de ne pas avoir compris que l'Arlésienne s'était confite comme une figue-friandise de la maison Lilamand. Abandonnée. Maya se souvenait que Julie ne fréquentait plus ses parents, ne leur parlait plus. Les fâcheries familiales sont terrifiantes et peuvent devenir définitives. Elles sont les premiers masques de l'oubli. « Comment peut-on décéder sans que personne ne s'inquiète d'une absence, comment fait-on pour se momifier sans que les odeurs envahissent l'immeuble ? »

Cette demoiselle venue d'Arles, fine et discrète, qui avait emménagé avant le confinement, restait une inconnue. Par sa mort, la danseuse retrouvée telle une fleur séchée posée hors du vase, endormie et allongée pour l'éternité dans son canapé, avait changé les cœurs de l'impasse Granet. Ni Bob, ni les vieux Cassagne, ni le jeune couple du premier, ni même la famille Nasri ne pensent aujourd'hui à un autre sujet que d'échanger à nouveau avec son voisin. Comme par crainte, tous s'obligent. Personne ne s'aime véritablement, mais tous apprécient les bienfaits offerts par le sacrifice de la Vénus d'Arles.

Les jours de marché ou de fête rééditent une communion. Tous ces moments enveloppés dans le papier de la routine deviennent des frôlements, des parlotes, des discussions, des partages de plats et recettes, des réponses aux besoins de lait, de sel ou de sauge. L'impasse Granet renaît. Les réseaux sociaux, tels des buvards contemporains, absorbent les photos des recettes échangées entre appartements. Même Maya publie de temps à autre des images de son violoncelle et d'elle devant un parterre de voisins faisant mine d'apprécier Bach.

La renaissance se produisit sous l'impulsion de Yasmine et de Maya, avec l'idée de remplacer les trous dans les dalles de la courette par des fleurs ou des plantes grasses, comme ça, au milieu du chemin. L'escalier s'embellit, les malformations du sol reçurent des ornements inattendus de tiges et de pétales colorés.

Les « jeudis soir des tommettes » mis sur pieds, une certaine forme de bonheur s'installa. Au rez-de-chaussée, Maya commença par jouer un concerto, puis le jeudi suivant, les enfants du premier créèrent un spectacle de magie, et la douce madame Nasri dispensa ses cours de pâtisserie orientale. Même Bob se lança dans les explications scientifiques. Si l'ingénieur chimiste les barbe tous, sa gentillesse ne lasse pas. Néanmoins, personne n'osait danser de peur d'offenser Julie.

Aujourd'hui, l'âme de l'Arlésienne veille encore sur les habitants de l'immeuble en restant tapie dans l'ombre des poutres et de la rambarde de chêne.

L'impasse Granet s'est réveillée de son apathie. On se reparle enfin, on finit un pastis sur la table de cuisine avec l'autre, on regarde à nouveau ensemble l'autre côté de la rue, on s'écoute et l'on s'engueule. On vit. Maya savoure de se faire à nouveau houspiller pour les crissements de son archet.

La thérapie collective fonctionne et façonne. Elle rassure. Chacun discute de ses regrets en avançant un soin envers l'un ou l'une. Ici une attention est portée sur une histoire, là une aide est donnée sur une bricole. Deux mois d'une grâce absolue et rédemptrice. Jusqu'à aujourd'hui, où la pluie fine plaque l'hiver au sol. Maya se sent perdue et à l'instant où Oscar la regarde droit dans les yeux, la peur l'envahit.

Avant-hier, l'enquêteur annonça que Julie n'était pas décédée de mort naturelle. Les scientifiques retrouvèrent des traces de cyanure de potassium. Les policiers se sont alors à nouveau entretenus avec tout le monde et furent moins sympathiques qu'en janvier. L'Arlésienne souffrait d'un lourd trouble de bipolarité et suivait un traitement pour rendre sa maladie supportable.

Maya se souvient de l'odeur douce d'amande fraîche émanant de la fiole que Julie lui avait fait sentir en expliquant que cela pourrait devenir son médicament ultime. Maya tremble. Julie lui manque. Elles se retrouvaient tous les jours, cinq minutes ou des heures, aux moments où l'on s'endort en frissonnant. Si leur discrétion s'étendait au-delà des pas de porte, ces heures ou minutes étaient vécues jusqu'à la lie. Elles s'étaient découvertes en poésie, en danse, en musique, en caresses.

L'amour tapissa leur espace-temps, si tendre, si libre et si fugace. Julie craignait de blesser. Dans ses moments de dépression, elle se pensait néfaste à son entourage. Elle refusait d'infliger sa détresse à Maya. L'adolescente savait que Julie traînait sa pathologie en s'imposant la claustration. Julie ne voulait pas que sa jeune amante devienne dépendante d'elle et sentait venir les descentes vertigineuses de sa maladie.

Avant de disparaître, la jeune danseuse répétait que son écorce écorchait trop les âmes de celles et ceux qui l'accrochaient. Lors de ces derniers moments, Maya la laissait seule. Des petits papiers s'inséraient alors sous les portes, car jamais leur communion ne cessait. Maya le crut longtemps. Elle se trompait.

Maya, à juste dix-huit ans, avait découvert par sa jolie Julie une sorte d'amour inconnu, doux et simple. Julie devint le « petit oiseau » de Maya. Maya, dénommée la « note de musique » par Julie, jouait pour elle seule.

Aujourd'hui, par un sale temps de pluie terminant l'hiver, Maya pleure et son cœur explose. De son perchoir face aux toits, elle reprend son téléphone portable. La réponse de Yasmine s'affiche enfin.

— Dis-moi ta peine, ma belle.

— Elle était mon petit oiseau, répond Maya.

— Je sais.

— Elle était douce et réservée. Je l'aimais.

Sur l'écran le message de la retraitée tarde, mais finit par apparaître :

— Je sais. J'avais deviné.

La vieille dame réitère sa proposition :

— N'écris plus, ma douce, viens me voir.

Maya observe le vide et Oscar se dirige vers la porte.

— Oui, je te rejoins chez toi. Je préviens maman.

Car maman est là. Elle est devenue si présente depuis la découverte du corps de Julie.

En débarquant chez sa dame de cœur, Maya plonge dans ses bras.

— J'ai vécu en enfer dans l'attente de ce jour, finit-elle par expliquer dans un jeu de mains étudié. J'ai peur et me sens responsable, tellement coupable.

Yasmina se doutait que Maya et Julie se voyaient en secret. Elle ne l'évoquait jamais. De toute façon, l'ancienne fleuriste pardonne tout et comprend tout.

Seule sur la terrasse de Yasmine, face aux toits dégoulinants, la main tremblante déplie la petite feuille de papier sur laquelle les derniers écrits à l'encre verte s'étalent, ronds et déliés. Tous les jours, musicienne et danseuse échangeaient une phrase, un poème, un dessin. Le soir, elles relisaient les messages de leur amour. Julie savait qu'elle sombrerait encore dans sa folie et sa violence.

L'absence de Julie demeure douloureuse. Maya lit une dernière fois la phrase pourtant connue par cœur et sent une vague de larmes gonfler ses paupières. Puis, un briquet, une flamme et le message s'évapore en volutes grises vers le ciel.

« Mon cœur ne sait plus, et mon âme d'hirondelle blessée va s'abattre sur le rebord de ton toit. Alors, pardonne-moi. »

La phrase disparaît, mangée par le brandon noir. Si le suicide de sa jolie Julie est une offrande, pouvoir aimer restera une douleur.

La gorge serrée, la jeune violoncelliste tend le nez en direction d'Arles. Elle veut habiter les toits pour se glisser sous les tuiles romaines et attendre les hirondelles.

Des notes de musique lui arrivent en tête. Elle désire maintenant composer un ballet. Elle doit écrire, écrire et jouer pour sa Vénus, car si l'on pardonne tout, on n'oublie jamais.

Pascale STANDAERT

Née en 1960 à Bruxelles, Pascale Standaert a été publiée sous une autre plume au sein d'ouvrages collectifs dans sa compétence de psychopraticienne. Par son engagement dans la lutte contre la grande précarité, elle a participé à *DoucheFlux Magazine*. Sa nouvelle *Le vol de Dunia* a été publiée par la Maison de la Francité pour le concours « L'exploit sportif du XXIe siècle ». Un roman est en cours de correction, un autre en création.

Facebook : Pascale Standaert

Instagram : @pascalestandaert

L'eau des Vingt-six

Par Pascale Standaert

1er juin 2041 - TORGNY, sud de la Belgique - La Ferme Rose

Roseline faillit faire tomber la pile d'assiettes qu'elle tenait entre ses bras. Elle n'avait pas l'habitude de porter une jupe et encore moins des talons. Même s'ils n'étaient pas très hauts, ils la faisaient vaciller. Et ce hoquet, qui ne la quittait plus depuis ce matin au réveil, ne l'aidait pas. À la moindre émotion, c'était chaque fois pareil. Elle avait choisi de mettre ces élégantes sandales dès le petit matin, histoire de s'y adapter. Elle s'en voulut un instant. Mais après, de toute façon, elle n'aurait plus le temps de se changer. Aujourd'hui, c'était la fête. Comme on n'en avait plus vu depuis longtemps.

Elle avait âprement négocié pour motiver chacun de ses voisins à sortir de chez eux, à accepter de se rassembler. Certains vivaient à plusieurs dizaines de kilomètres. L'atmosphère brûlante rendait la marche impossible, c'est donc à cheval qu'elle était partie, comme on mène une croisade. Tour à tour surpris puis charmés par l'enthousiasme de la fille du domaine, ils avaient accepté. Après tout, elle avait bravé la morsure du soleil pour les inviter. Depuis février, la chaleur grimpait. En avril, les quarante-et-un degrés avaient été dépassés. Qui, encore de nos jours, faisait cela pour une simple invitation ? Les temps étaient durs, de plus en plus. Ce foutu dérèglement climatique qui oscillait entre canicules et vents violents les avait tous isolés. Chacun vivait reclus et ménageait ses efforts. Mais ils viendraient, ils le lui avaient promis.

Roseline suait sous sa jupe de rayonne. Elle se bénit d'avoir mis le corsage en coton de sa grand-mère, celui qu'elle gardait précieusement dans une vieille boîte en bois. De celles qu'on ne faisait plus. Avec de la marqueterie de nacre. Mais trêve de rêverie, d'ici quelques heures, pas moins de trois cents personnes investiraient la Ferme. Il y avait encore à dresser les tables dans le jardin jouxtant la bâtisse. Plus elle s'activait, plus elle hoquetait et perdait de son précieux temps. La mise en place devait être terminée vers huit heures trente, après, la chaleur serait suffocante.

La cour était déjà baignée de soleil cuisant. Elle était vide. Ses frères n'étaient pas revenus. À la pendule solaire, elle lut sept heures. Ils accusaient une bonne heure de retard. Alban et Rosamond devaient apporter les bâches à tendre entre les arbres, les longs bancs de bois, les tréteaux ainsi que les planches qui serviraient de tables. En soupirant, elle posa sa cinquième pile d'assiettes sur le muret, là où serpentaient les cactus. Chaque fois, elle se rappelait qu'eux, au moins, ne réclamaient pas d'eau. De toute façon, elle finirait par oublier le parfum des fleurs. Mais où étaient-ils passés, tous les deux ?

Quand la casserole bouillant sur le feu lui revint en tête, elle eut juste le temps de courir l'éteindre. Empêtrée dans ses vêtements et chaussures, elle faillit dévaler les escaliers sur les fesses. Décidément, cette matinée était pénible. Ce problème réglé, il fallait avancer dans les préparatifs. Enfin, en ce qui concernait sa part, du moins. Car le principe était le même que celui pratiqué en 1999. Le voisinage se rassemblait, chacun apportait sa contribution en nourriture et boissons. La Ferme Rose étant centrale, par le partage de l'eau de sa source, il s'avéra évident que c'est en ses jardins qu'aurait lieu la Fête des voisins. De ce que Roseline en savait, ses lointains aïeuls étaient châtelains. Ils prospéraient dans la région, en bons pères de famille. Ils cédaient volontiers le surplus de leurs productions. « Oui, ils étaient bienveillants, de belles personnes, » pensa-t-elle.

Cette fête était une occasion de réjouissances collectives : enfin se retrouver, sortir du cloisonnement, oser parcourir les plaines arides. Les champs avaient disparu, les arbres étaient devenus précieux. Roseline se souvenait à peine des voitures, des cars, des trains. Les autoroutes étaient désertes. Aucun avion ne sillonnait plus le ciel, pas plus que les oiseaux.

Pour se déplacer, il ne restait que le cheval et la carriole. Par manque de terre ou de fourrage, rares étaient ceux qui en possédaient encore. La pénurie d'eau avait transformé les villes en ghettos armés. La guerre bleue avait généré les guérillas. Elles firent autant de victimes que les derniers virus. L'exode était inexorable. Les clans naquirent comme unique solution de survie.

Le soleil était au zénith et toujours aucun signe de ses frères. L'inquiétude rongeait le cerveau de Roseline. Fini de siffloter, jolies sandales aux pieds. L'heure était sombre. La peur mangeait tout. Même le hoquet s'était tu. Alors elle s'activa. Le visage gonflé de larmes, elle décida de faire son paquetage et de partir les chercher. Elle enfila des godillots et le vieux chapeau de toile.

— Je peux t'aider ?

Roseline se retourna d'un bond. Mais d'où sortait-il, celui-là ? Grand et efflanqué, son pantalon lui tombant sur les hanches, il se tenait à contre-jour. Elle mit les mains en visière et plissa les yeux. Il devait avoir dix-huit ans, juste un peu plus âgé qu'elle.

— T'es qui, toi ?

— Malo. Yourte 25. Arrivé mardi passé. Tu te souviens pas ?

Sa voix était douce et son regard bleu comme l'océan. Celui qu'elle n'avait jamais vu. Elle se releva, essuya ses larmes du revers de sa manche et le fixa.

— Ah oui, ça me revient. L'avant-dernière famille arrivée. Bon, qu'est-ce qui se passe, t'as besoin de quelque chose ?

— Ben, je crois que c'est toi qui as un problème. Je t'entends pleurer depuis le bout du jardin.

— Si tu n'as besoin de rien, rentre chez toi maintenant. Moi je m'en vais. Laisse-moi !

— Il paraît que c'est toi, la responsable ? J'ai besoin que tu me dises où se trouve l'arrivée d'eau. Y'en a pas chez nous.

— Qu'est-ce que tu racontes ? C'est toi qui ne sais pas y faire… Bon, je te montre puis tu me laisses, je dois partir.

— Partir comment ? À pied ?

— Ben oui, bêta ! Pourquoi, t'as une carriole, toi ?

Roseline fut saisie d'un fou rire. C'est vrai que les yeux du nouveau lui plaisaient plutôt bien.

Quelques heures plus tard, à la fête, tous firent tinter leur cuillère sur leur verre.

« Roseline, un discours, un discours ! ». Elle s'était levée, le visage perdu dans sa tignasse à peine peignée. Son hoquet la reprit. Elle vit le sourire de chacun des convives. Presque tous la connaissaient. Elle se tourna vers Alban. Il la soutint d'un « Vas-y ! C'est à toi, respire… ! »

Le temps de fermer les yeux, comme il le lui avait appris, et de reprendre possession de son souffle, la voix de Roseline s'élança. Hachurée, mais claire.

— Mes souliers me font mal, tant pis, je serai pieds nus. Devant vous, à la table d'honneur. C'est vous tous qui l'avez choisi. Tant pis. Tant pis pour le désordre de mes mots.

Elle hocha la tête et poursuivit.

— Habituellement, c'est Alban qui préside. Alban, mon brave frère, tellement courageux, sans qui, aucun de nous ne pourrait survivre. Mais ça, mes chers voisins, vous l'ignorez encore. J'y reviendrai.

« Nous sommes vingt-et-une familles. Réunies, pour la première fois depuis des années. Par cette fête, nous honorons les vies que nous avons su préserver.

« Nous sommes devenus, au fil du temps, une tribu de deux-cent-soixante-quatorze personnes. Parmi nous, des anciens, de jeunes parents, quelques célibataires et notre quota d'enfants, qui lui, est bien dépassé depuis quelques mois. Nous sommes ce clan qui a choisi de vivre libre, de revenir à la Terre, de se protéger, de partager nos énergies, nos ressources et nos savoirs.

« Aujourd'hui, nous accueillons cinq familles supplémentaires. Les yourtes ont été installées la semaine dernière. Jusqu'à ce midi, nous ignorions comment continuer durablement avec trente-et-une personnes de plus à approvisionner en eau.

« J'avoue que je n'en menais pas large. Pas plus que mes frères. Pas plus que nos anciens, pas plus, probablement, que chacun de vous, tous conscients de cette difficulté à vivre avec si peu d'eau. Accueillir trente-et-une personnes de plus, c'était prendre le risque d'être, tous, dénutris et déshydratés. Mais la décision a été unanime, le collège des « Vingt-et-un » a adopté l'accueil des nouveaux. Nous ne pouvions vous fermer la porte du domaine. Nous sommes, à présent, la tribu des Vingt-six.

Roseline porta la main à son front en sueur. Les yeux fermés, sourcils froncés, la voix faible, elle continua :

— Ce que vous ignorez, car je n'ai pas voulu vous inquiéter, c'est qu'il y a encore quelques heures, les réservoirs de la source du domaine de la Ferme étaient à sec. Oui, vous entendez bien, à sec ! Le ciel m'est tombé sur la tête. La source nous est vitale. Nos récupérateurs de brouillard ou de rosée ne nous suffiraient jamais.

Les regards s'échangèrent, ébahis. Un brouhaha s'éleva des tables. Les questions fusèrent. Les unes après les autres, de plus en plus fort. Alban se leva et cria « Stop !

Laissez-la parler ! »

Ils se turent. En larmes, Roseline hoquetait de plus belle.

— Mais vous ne comprenez pas ? Les différents réservoirs ont été fissurés, ils se vidaient. Les boîtes de captage ont été bouchées. Notre source a été sabotée ! Nous étions condamnés à mort !

Le silence cimenta l'atmosphère. Les mains entortillées à en devenir blanches, elle continua.

— C'est un acte volontaire. Nous ne savons toujours pas qui a fait ça. Évidemment, nous n'avons pas eu le temps d'investiguer. L'urgence, ce matin, était ailleurs. Voilà pourquoi Alban et Rosamond ne revenaient pas. Enfoncés dans les campagnes, ils remontaient le cours de l'eau, débouchant inlassablement les boîtes de captage. Ils colmataient les brèches. Sans nouvelle d'eux, je vous avoue avoir cru mourir avant l'heure. Heureusement, Malo, notre nouveau voisin, m'a soutenue de sa présence. Jusque-là, je l'avais à peine croisé. Mais ce matin, il m'a empêchée de partir à la recherche de mes frères, il m'a encouragée à tenir bon et à croire en leur retour. Il avait raison. Peu avant votre arrivée, ils se tenaient devant moi, enfin ! Voilà pourquoi c'est quand même un peu le bazar…

Un « Oooh » parcourut l'assemblée. Roseline s'effondra en pleurs. Alban reprit la parole.

— Mes amis, pour le moment, le problème de l'eau est réglé. Nous sommes réunis. C'est l'essentiel. Je propose de nous remettre de nos émotions et de lever notre verre à notre cohésion, à notre solidarité, en souhaitant la bienvenue à nos trente-et-un nouveaux voisins !

Tandis que tous trinquaient, Rosamond se tourna vers Alban et lui glissa à l'oreille :

— Tu as fait le compte des voisins ? Il manque quelqu'un ?

— Oui, Malo n'est plus là. Notre cheval non plus.

Ils étaient tous partis. Le ciel irradiait, de cette nuit sans lune, de ses myriades d'étoiles comme autant de mondes inconnus. Malgré le succès de la Fête, Roseline n'avait pas retrouvé son sourire. Alban l'interpella.

— Allez sœurette, viens !

Elle avança en traînant les pieds et bougonna :

— Vous êtes fâchés, toi et Rosamond, c'est ça ? Je n'aurais pas dû insister pour la fête. Et comme ça, l'eau n'aurait pas été coupée.

— Non justement, tout ça, c'est grâce à toi !

— Les emmerdes, tu veux dire ! lui répondit-elle. Ses pieds frappaient le sol.

— Un peu aussi, mais… calme-toi. Ce que je veux, maintenant, c'est savoir… Il s'est passé quoi, avec ce Malo ?

Roseline se tortilla sur son siège et à voix basse lui raconta.

— C'est grâce à lui que je ne suis pas partie. Il m'a parlé. Beaucoup. Je me doutais bien que c'était pour me retenir, mais quand même son histoire m'a fait pleurer. Ça m'a rappelé Maman. Lui aussi, il l'a perdue. Son père, il ne sait même pas qui c'est. Le seul qui s'est occupé de lui, c'est le type au tatouage en brassard qui venait d'une autre communauté. Ils viennent de la tribu des Forêts. Il paraît que c'est terrible là-bas, les insectes partout…

— D'accord… mais s'il te plaît, concentre-toi. Viens-en au fait, ma Rose.

— Le type, disons son père adoptif, il voulait notre place, car il croyait qu'on était à la tête de la tribu.

— Malo t'a confié que ce bonhomme voulait saboter l'arrivée d'eau ?

— Peut-être, je ne sais pas, Alban… Je suis triste du départ de Malo. Je le sentais quand il me parlait de la tribu de l'Océan, je sentais qu'il allait partir la rejoindre. Je suis certaine qu'il est déjà loin…

Secouée de sanglots, Roseline enfouit la tête dans l'épaule de son aîné.

— Ça va aller ma Rose, ça va aller…

Alban contenait sa colère. Il n'entendit pas sa sœur murmurer qu'elle aussi voulait voir l'océan. Il ne la vit pas triturer un petit bout de papier dans sa poche. Ces quelques mots trouvés entre les lanières de ses sandales : *« T'inquiète pas pour le cheval et le fusil. Je reviendrai te chercher. M. »*

Deux kilomètres plus loin, à côté de traces de sabots, gisait le corps d'un homme. Dans un vrombissement infernal, les mouches se pressaient sur son front troué d'une balle. Sa main serrait encore une pince-monseigneur. Déjà, les larves se mélangeaient à l'encre sur la peau de son bras tatoué.

Caroline ALLARD

Après le cinéma et l'écriture scénaristique, l'art-thérapie a amené Caroline Allard à fréquenter des masterclasses d'écriture où elle a rencontré ceux qui forment aujourd'hui le noyau dur du collectif des Auteurs Masqués. En plus de ses contributions aux quatre premiers recueils, elle sort son premier roman *Moteur pour Angèle* en autoédition ainsi qu'une nouvelle, *HP Dystopia*, aux éditions Lamiroy en 2020.

Instagram : @carolinallard
Facebook : Carolympe
allard.caroline@hotmail.com

Je ne sais trop pourquoi…

Par Caroline Allard

S'il existe une histoire de voisine que j'ai envie de vous conter, c'est celle de cette petite qui changea ma vie, mon monde, et bientôt le vôtre aussi.

« Œil de lynx ! » « Elle a la science infuse. » « La culture c'est comme la confiture… » Elle avait bien entendu les mots, les phrases, les railleries, les invectives. Elle en avait pris bonne note avant même de savoir écrire. À l'école primaire, Geneviève-Charlotte, que nous appellerons Gene-C, avait commencé par pleurer. Ensuite, elle avait cherché à comprendre les raisons qui inspiraient autant de méchanceté à son égard. Il n'y a pas de derrick sans pétrole alors remettons les pendules à leur place ! C'est comme ça qu'elle avait réalisé la puissance de l'un des deux mots qui allait influencer sa vie à jamais : « POURQUOI ? »

La curiosité n'est pas un vilain défaut si elle permet de se rapprocher de ses rêves. Cette réflexion devint rapidement son leitmotiv. C'est donc tout naturellement qu'elle baptisa Pourquoi cette petite boule de poils qu'elle avait recueillie le long d'une voie ferrée. Ce chiot semblait bien jeune pour être seul. Un peu comme elle, finalement. Elle en fit son premier, unique et meilleur ami. Ce petit chien la rendait heureuse, contrairement aux humains qui manquaient cruellement d'humanité. Quand ceux-ci avaient déjà oublié leurs remarques, Gene-C les ruminait encore, parce que son esprit ne s'arrêtait malheureusement jamais. Il ne s'agissait pas de rancune, juste d'un besoin de tout comprendre. On l'avait blessée, mais elle n'avait rien laissé paraître. Pourtant, elle n'avait plus jamais été en mesure d'accorder la confiance qu'on attendait d'elle. Elle était entamée, plus vierge. Gene-C s'était retirée discrètement, sans un mot blessant, pour ne pas souffrir. Elle s'était progressivement isolée et habillée de « comme tout le monde » pour se fondre dans la masse, mais ces vêtements-là l'avaient rapidement gênée aux entournures. Elle avait hâte de rentrer chez elle pour pouvoir les enlever, et puis… les « étiquettes » l'irritaient, aux deux sens du terme.

Pourquoi lui tenait compagnie des heures durant. Sa curiosité l'amusait. Avec lui, elle vivait, se promenait, s'instruisait, lisait, s'abreuvait à toutes les sources du savoir parce que toutes les critiques endurées lui avaient laissé entendre qu'elle était peut-être idiote, indubitablement bizarre, totalement hors normes et… la liste était longue. Le doute s'était insinué insidieusement pour ne jamais ressortir du fruit de ses réflexions.

La télévision ne faisait pas partie de ses médias d'information. Elle reste encore aujourd'hui convaincue du fait que l'écran noir appartient à un vaste programme de « panurgisation ». Ne pas avoir grandi avec « Télé Nounou » et plus tard « L'ânonnant » lui avait permis de s'en sortir presque indemne.

Au milieu de ses condisciples, Gene-C était seule. Auprès de ses livres, elle se sentait en sécurité, avec son fidèle Pourquoi qui allait bientôt lui présenter son ami, Trop, un chien de berger dont il avait reniflé le postérieur lors d'une balade en montagne. Ensemble, ils l'avaient tenue à l'écart de Parcimonie. Cette chienne qui semblait être une vraie dilettante, n'amenait jamais personne nulle part. Pourtant, plus tard, Gene-C accepterait de boire un verre en sa compagnie pendant que les autres s'enivreraient.

Certains traitaient Gene-C d'autiste. Il leur fallait une étiquette toute faite. « Oh oh ! K-Mart sucks ! Charlie Babbit ! », « Cours Forrest ! », « Sheldon ? »… Et voilà que les références cinématographiques foireuses avaient recommencé à fuser. Elle était au lycée. Quel pouvait être son super pouvoir ? Calculer plus vite que ses copains de classe ? Ils étaient loin de la vérité qui n'était pourtant pas ailleurs. Elle comptait en couleurs, l'extraterrestre ! Je vous parle d'un temps que les moins de… enfin, avant l'invention de l'« émotiomètre ». Gene-C l'ignorait encore, mais elle était capable de ressentir plus fort et plus longtemps que les autres toutes les émotions qui d'habitude les éraflaient. Elle les subissait comme des coups de poignard et ses plaies ne cicatriseraient jamais. Mais, elle s'en servirait pour bâtir les fondations de sa résilience et… grandir.

Ses condisciples (en un ou deux mots) étaient-ils soudain tous devenus médecins pour lui coller un diagnostic sur le front, ou était-ce un effet de mode ? Leurs parents devaient être fiers d'eux pour accéder à ce titre sans en avoir suivi le cursus. Après RaoulT, il y a eu

VanessaT, JessicaT, TanguyT, JeremyT et ScottT qui roulait d'ailleurs en VTTT. Que des « experts-T » !

Mais, parlons-en des parents ! Les siens avaient commencé par l'affubler de deux prénoms surannés parce qu'ils n'avaient pas réussi à s'entendre sur un choix commun. Ceux-là mêmes la trouvaient bizarre et se demandaient parfois ce qu'ils avaient bien pu faire de travers pour avoir engendré une enfant aussi étrange. Une position inhabituelle non validée par le Kama-sutra ? L'amour le dimanche matin à l'heure de la messe ? C'est bien simple, depuis, ils n'avaient plus osé se toucher. Ils avaient failli faire venir un exorciste, mais Mike Oldfield n'étant pas libre pour interpréter la bande originale, ils avaient fini par renoncer. Leur divorce aussi, elle le portait comme un fardeau. Gene-C aurait tant aimé que quelqu'un soit fier d'elle et de sa différence. Heureusement, Pourquoi et Trop lui transmettaient leur joie de vivre et tout l'amour dont elle manquait.

Gene-C n'était pas dans la norme, mais l'atypisme était enfin à la mode. Était-ce son heure ? Finalement, nul n'est normal que par rapport à lui-même et nous sommes tous atypiques, mais c'est un autre débat. À cette période, on prétendait les geeks différents… des vingt pour cent des jeunes qui eux, avaient une vie ! Gene-C avait une piètre opinion d'elle-même et tous les superlatifs que l'on avait estampillés sur sa fesse droite (qu'elle avait du reste très jolie, autant que la gauche d'ailleurs), ne l'avaient pas convaincue une seconde du fait que son altérité puisse être un bienfait. Elle était suffisamment humble pour comprendre que même si tout l'intéressait et qu'apprendre était sa raison d'être, elle n'en saurait probablement jamais assez. D'autres auraient abandonné, mais elle était boulimique de savoir et Trop l'y encourageait. Elle reconnaissait plus facilement le verre à moitié vide de ses connaissances et n'accordait que peu d'intérêt à ce qu'elle savait déjà… et qu'elle avait déjà bu jusqu'à la lie sans en être grisée.

Tous les matins, Gene-C s'interrogeait. Sa place était-elle bien ici, entourée de ces humains qui lui faisaient mal à l'insu de leur plein gré ? OK, cette réplique était réservée aux cyclistes dopés, mais elle était empreinte d'une candeur doublée d'inconscience, et ces deux valeurs l'avaient toujours fascinée tant elle en était elle-même dépourvue. Comme cela devait être reposant de n'avoir que les jambes qui pédalaient et non l'esprit. Parmi ses « amis-maux » Trop et Pourquoi, elle se sentait heureuse. Leur instinct de chiens de berger les emmenait souvent vers les alpages où Gene-C les accompagnait volontiers. Elle y avait appris le cabri, qu'elle parlait d'ailleurs sans accent afin d'encourager les chèvres à produire plus de lait. Pour ce faire, elle leur lisait régulièrement la fable de Monsieur Seguin, en omettant volontairement de mentionner l'existence du loup, par pure empathie. Elle trouvait dans cette relation avec ces animaux un plaisir sans jugement, sans réflexion. Tout lui semblait alors tellement simple. Pourtant, ce n'était pas le qualificatif qui correspondait le mieux à sa vie. S'il avait fallu en choisir un, c'eut plutôt été « complexe », dans tous les sens du terme et en particulier à cette période bourgeonnante de l'adolescence durant laquelle les jeunes filles sont moins en fleurs qu'en boutons.

À dix-huit ans, elle avait réussi son bac par la petite porte, par manque d'intérêt et de conformisme. Assumant sa différence et sa soif de connaissances, elle avait alors cumulé les formations. Choisir, c'était renoncer. Elle avait adoré apprendre, mais elle avait ressenti le besoin d'aller rapidement à l'essentiel et non pas au rythme prédéfini d'une moyenne qui, appelons un minet un tigre, n'existe tout simplement pas puisqu'elle est le résultat de la division du nombre total par le nombre d'items additionnés.

Fini la tenue « j'me fonds dans la masse », Gene-C avait développé son altérité. Elle avait rempli ses cellules grises, donné du grain à moudre à son moulin pour qu'il ne tourne pas à vide et ne broie pas du noir. Tout ça pendant que le meunier dormait, ce fainéant, alors que son moulin, son moulin…

À vingt ans, elle avait terminé de collationner et de référencer toutes les émotions qu'elle avait été capable de ressentir jusque-là. Pour en calculer l'intensité exacte, elle se prêta à une série de tests simplifiés lors de sa rencontre avec son assistant qui, persévérant et pour le bien de la science, tomba littéralement amoureux d'elle… ce qui permit d'étalonner la machine. L'amour serait l'émotion la plus haute de son instrument de mesure qu'elle nomma « émotiomètre ».

Deux ans plus tard, ses premiers produits arrivaient à déclencher chez les autres toute une palette d'émotions sur commande. Tel un nez qui créerait un parfum oublié comme « branche de lilas après la pluie » ou « premier baiser avec la langue » qui fut d'ailleurs le premier succès de la gamme.

Gene-C commercialisa ses émotions en les ajoutant à des p'tits billets doux, des notes de musique, des images, des fragrances… sur tous les supports possibles, et elle devint millionnaire. Je peux vous dire que seul le garage des parents de Bill Gates peut s'enorgueillir d'avoir vu naître un pareil phénomène en son antre.

La collection « Premiers Émois » fut son premier succès, mais, plus tard, Gene-C déclina sa collection « Légale ». La plupart des malfrats furent vaccinés à la « Honte à perpétuité » et ne recommencèrent jamais. Les prisons furent dès lors transformées en maisons de repos et en hôpitaux où la « Bienveillance » coula par bidons entiers mélangée aux détergents. C'est bénévolement qu'elle travaille aujourd'hui à l'élaboration d'un produit volatil destiné à être envoyé dans l'atmosphère de certains pays. Le but ultime étant de rayer définitivement le mot guerre du dictionnaire. Miss France en rêvait, Gene-C le fera !

Contrairement à ce que l'on pouvait imaginer et à ce qui avait été dit, Gene-C n'était pas « HP TDAH Aspie neurasthénique bipolaire cyclothymique à tendance maniaco-dépressive ». Que nenni ! Elle avait juste la capacité de ressentir avec autant d'intensité la tristesse et le blues, que le bonheur et l'enthousiasme. Elle n'avait simplement pas besoin d'autant de stimuli que la plupart des gens. Le jour où elle comprit qu'elle pouvait être plus heureuse que cette fameuse moyenne mathématique frigide, elle décida de partager son bien-être en toute légalité et sans aucun risque d'overdose avec tous ceux qui l'avaient pourtant rendue malheureuse malgré eux, parce que deux boules de poils l'avaient aimée inconditionnellement, malgré sa différence.

Si je vous ai raconté cette histoire c'est probablement parce que le vilain petit canard est devenu un cygne, là, juste derrière ce mur mitoyen. J'ai eu la chance d'être l'une des premières à bénéficier des bienfaits de ses inventions, parce que mes statuts de nounou, et plus tard de bonne voisine, m'ont conféré d'emblée celui de cobaye. Vous le sentez, là, le « Bonheur » ? C'est le sien ! Je le porte jour et nuit.

Sa société cotée en bourse fut créée avec ses deux fidèles amis. Elle se nomme « Gene-C TROP POURQUOI », mais maintenant, vous, vous le savez !

Mes remerciements vont à Laure Bergeron,
aka Mme la Présidente, qui m'a ramenée sur le droit
chemin de l'écriture, et à tous ceux qui m'ont accueillie à
nouveau au sein de ce douillet collectif.
Merci à vous, autrices, auteures et auteurs, de votre
hauteur, mais jamais de bas niveau, ni de caniveau,
de mettre votre plume, votre temps et votre talent à la
disposition de bonnes, que dis-je, d'excellentes causes.
Pour cette première « belge », vous illustrez
magistralement le proverbe et la devise nationale
de la Belgique : « L'union fait la force. »

Nathalie ILTIS

Passionnée d'écriture, parolière, jurée de concours vocaux, membre de la SACEM et du collectif Écrivage, Nathalie Iltis écrit des nouvelles, des chansons, et même des comédies musicales.

Superstitions

Par Nathalie Iltis

Régine Sabord couvrait de fleurs le parterre en face de sa maison. Elle creusait, dépotait, replantait. L'atmosphère était humide, la chaleur écrasante, caractéristique de la région. La sueur suintait entre chaque pli de sa peau. Se sentant surveillée, Gigi scrutait les activités du voisinage puis replongeait ses gants dans le terreau frais.

— Tous qu'une bande de fumiers, marmonna-t-elle.

Elle n'avait pas la langue dans sa poche, la Gigi. Rien à redire, elle emplissait l'espace. Elle se redressa et admira ses « bébés ».

À l'ombre d'arbustes, près d'un filet d'eau, trônait à présent une flopée de plantes carnivores.

Dans le jardin voisin, Méphisto n'avait pas raté une miette du spectacle. La nuit tombait. L'humus fraîchement retourné lui fit l'effet d'un signal. Il était temps d'enterrer un ou deux cadavres.

Le lendemain, un coq enroué réveilla le quartier. On avait l'habitude.

— Mes bébés d'amour ! s'égosillait Gigi dans un sanglot grotesque.

Elle aperçut Méphisto et le poursuivit aussi vite que ses jambes variqueuses le lui permettaient.

— Diable et malédiction ! Tu as ravagé mon jardin, espèce d'ordure. Je vais te faire la peau. Tu finiras en morceaux dans une poubelle.

Victor Corbeau, le voisin, sortit de chez lui. Méphisto se réfugia dans ses bras. Contemplant le désastre, Corbeau caressa lentement le félin. Victor était croque-mort — il en fallait bien — et il avait un humour adapté.

— Bon travail, mon chaton. Cela me plaît beaucoup plus ainsi, ricana-t-il.

Essoufflée, Gigi se précipita vers la clôture.

— Vous allez me le payer, Corbeau !

— C'est une menace, Madame Sabord ?

— Oh que oui ! Si vous croyez pouvoir vous en tirer !

Se tournant vers sa maison, elle beugla :

— Émile !

Mais son mari ne vint pas.

Son regard glacé foudroya ses agresseurs. Elle releva sa jupe et rebroussa chemin d'un pas décidé.

Émile chuchotait dans un coin du salon.

— Émile ! hurla sa femme.

— Je dois vous laisser... Je vous rappelle.

Il lâcha avec maladresse son téléphone sur la table du salon.

— C'était qui ? demanda Gigi.

— Ma... maman, bégaya-t-il.

— Tu te fiches de moi ? Depuis quand tu vouvoies ta mère ?

— Mes parents.

— On verra ça plus tard, pauvre andouille. Va voir cet enfoiré de voisin. Son chat a détruit mon jardin.

— Et je lui dis quoi ?

— Que tu veux du fric. Tu exiges un dédommagement pour le préjudice matériel. Et moral ! Sinon j'appelle mon avocat.

— Mais nous n'avons pas d'avocat...

— Qu'est-ce qu'il en sait ?

— D'accord, ma Gigi.

Il récupéra son portable.

— Laisse ça ici et magne-toi !

Il reposa l'appareil.

— Oui, ma douce. J'y vais de ce pas.

Émile sortit. Gigi le surveilla par la fenêtre. Dès qu'il eut sonné chez Corbeau, elle se jeta sur le téléphone. Un vieux modèle. Non verrouillé. Elle consulta le dernier appel. Numéro sans nom. Certainement pas la belle-doche. Coup d'œil à l'extérieur. Émile était en pleine conversation. Elle appela. Reconnut la voix sur le répondeur.

Une expression de démence s'empara de son visage.

À peine rentré, Émile attrapa ses clés et son portefeuille dans le vestibule.

— Gigi chérie, tout est réglé, annonça-t-il timide mais triomphant. Je file valider mon ticket de loto ! Croisons les doigts !

Croise plutôt les doigts pour que je ne t'étrangle pas, se dit Gigi.

Elle attendrait le retour d'Émile pour lui faire sa fête.

La routine journalière de Régine Sabord consistait à s'en prendre à son mari. Aujourd'hui, elle frapperait un grand coup.

Elle sortit une caisse en bois, en renversa le contenu sur la table de la cuisine et commença à aiguiser sa collection de couteaux. Comme d'autres faisaient du tricot, c'était sa façon de se détendre.

Livia Richelieu regarda Émile déserter sa maison. Elle habitait cette rue depuis son enfance mais avait toujours fini par se retrouver seule. Ses parents l'avaient quittée, tour à tour, lui léguant une belle fortune, puis ses trois maris successifs avaient disparu, assurances-vie en prime. La « malédiction », comme elle la nommait, lui valut trois perquisitions et, bien qu'aucune charge n'ait pu être retenue contre elle, le surnom de veuve noire.

Elle aurait pu partir, oublier les commérages sur son passage, profiter d'un terrain immense, sans personne autour. Mais elle avait un péché mignon : la maison d'en face. Elle aimait épier ce qui s'y passait. Il y résidait un mystère. Aucun de ses habitants n'y restait longtemps. Tous disparaissaient dans des circonstances étranges, toujours un vendredi treize.

Son calendrier indiquait jeudi douze.

Cette nuit-là, Livia fut réveillée par un cri perçant. Portée par un mauvais pressentiment, elle regarda par la fenêtre. Elle enfila un gilet, des pantoufles et sortit dans la pénombre. La lumière d'en face était allumée. Gigi Sabord proférait des jurons. Livia frappa à sa porte. Gigi apparut, décoiffée. Des gouttes de sueur perlaient sur son visage. Elle cachait quelque chose sous un torchon.

— Tout va bien Régine ? demanda Livia.

Régine se retint de dire ses quatre vérités à cette vieille pie. Elle lui balança d'un ton sec :

— On ne peut mieux, vieille peau ! et lui claqua la porte au nez.

Livia resta pétrifiée. Elle avait cru voir un grand couteau sur la table de la cuisine. Et sur le torchon, une auréole rouge.

Inquiète, Livia continua à guetter la maison depuis chez elle. Elle allait battre en retraite quand elle aperçut Gigi, armée d'un sac poubelle, de gants et d'une pelle, se mettre à creuser, à creuser comme une forcenée.

Horrifiée, Livia se jura qu'elle n'avait rien vu, prit un somnifère et retourna se coucher.

Dès l'aube, Livia ne put s'empêcher d'observer l'autre côté de la rue : toutes les plantes étaient à nouveau bien rangées.

Quelqu'un toqua.

C'était Victor Corbeau qui cherchait son chat.

— Désolée mon cher Victor, je ne l'ai pas vu, lui dit-elle.

— C’est cette foldingue de Régine Sabord. Je serais prêt à le parier. Elle a menacé de tuer mon chat, hier.

Livia acquiesça sans mot dire. Victor prit congé. En refermant, elle constata que la voiture d’Émile n’était plus là.

Toute la journée, les questions fusèrent dans son esprit. Qu'avait enterré Gigi ? Le couteau ? Le chat ? Émile ?

Livia préparait le dîner quand elle se décida à contacter la police, bien qu’elle redoutât d’avoir encore affaire à ses inspecteurs. Elle scruta une dernière fois l’extérieur. Une voiture se garait sur le trottoir.

C’était Émile.

Émile avait passé la nuit dans un hôtel premier prix, et la journée à déambuler en voiture au hasard des rues. Livia et Victor Corbeau, disaient-ils vrai quand ils affirmaient qu’ils l’aideraient à mettre un terme à sa relation toxique ? Et lui, était-il prêt à renoncer à treize ans de mariage ? En avait-il le courage ?

Il voulait tenter le tout pour le tout. Une dernière fois. Repartir du bon pied avec Gigi. Peut-être que son absence l’avait fait réfléchir. Elle l’accueillerait à bras ouverts. Ils partiraient vivre une seconde lune de miel. Oubliées leurs disputes. Ils s’aimeraient comme au premier jour.

À peine Émile fut-il descendu de son véhicule que Gigi sortit en furie de la maison. Elle tenait quelque chose à la main.

— Bordel, Régine, qu’est-ce tu fous avec une hache ?

— Ça fait combien de temps Émile ? Combien de temps que tu la vois ?

— C’est pas c’que tu crois. J’te jure !

— La ferme ! Menteur ! Comment t'as pu faire ça, espèce de salopard ! Crois-moi, tu vas me le payer !

— J'avais juste besoin de parler à quelqu'un.

— Je suis ta femme, abruti ! C'est à moi que tu parles !

— Ma Gigi d'amour... Calme-toi. Je vais tout t'expliquer.

— Tu m'as abandonnée. Sans nouvelles.

Gigi lui montra son index, affublé d'un bandage disproportionné, renifla, déglutit bruyamment puis reprit, hystérique :

— J'étais au bord du suicide !

Elle brandit sa hache.

— Attends !

— Excuse-toi.

— Mais...

— Tout de suite !

— Je suis... désolé. Je suis dé...

— Mmm... Pas convaincant.

Elle se positionna à nouveau.

— D'accord ! D'accord, c'était une erreur.

— Trop tard.

Elle frappa un premier coup.

— Non ! Je t'en supplie. Non ! hurla Émile.

Seconde frappe.

— Arrête Gigi ! T'es complètement folle !

— Moi ? Folle ?

Telle une créature de rage, elle s'acharna, la douleur décuplant les forces de ses bras flasques.

Émile s'effondra.

Régine laissa tomber l'arme du crime sur le trottoir.

— Ça t'apprendra à me manquer de respect, dit-elle en s'essuyant les mains sur son tablier, avant de rejoindre la maison d'un pas pressé. Elle avait quelque chose sur le feu.

La pluie tomba soudainement.

Dans la faible lumière du crépuscule, accrochée à la carcasse fumante d'un vieux coupé, la silhouette d'un homme abattu sanglotait.

Livia essuyait sa vaisselle. On frappa à la porte. C'était Émile, trempé jusqu'aux os.

— Entrez vite, lui dit-elle. Je me suis fait du souci. Vous ne répondiez plus au téléphone.

Émile éclata en larmes et tenta une explication ponctuée de hoquets. Comme une mère, la vieille dame posa son index sur sa bouche. Elle savait déjà tout. Émile fut invité à se doucher. Elle lui porta des vêtements propres, souvenirs délavés d'anciens amants. Elle le sustenta de délicieux restes du réfrigérateur. Ils passèrent au salon. La télévision était allumée, en sourdine. Livia aimait cette présence.

S'en suivirent de longues discussions, Livia faisant preuve de toute la compassion et la tendresse dont elle était capable.

— Excusez-moi, s'interrompit Émile.

Il attrapa dans la poche de sa veste un papier froissé et humide, se rassit en hâte devant la télévision et s'immobilisa, bouche béante, le regard passant de son billet de loterie à l'écran bleu.

— Je... je deviens fou. Je crois que.. j'ai gagné. Regardez.

Livia vérifia les numéros, acquiesça d'un sourire, et serra fort dans la sienne la main de l'homme qui valait maintenant vingt millions.

Une fois de plus, Gigi avait attendu Émile. La nuit entière. Porte grande ouverte pour qu'il comprenne que tout était encore possible. Il n'était pas rentré. Ça n'était pourtant pas la première fois qu'ils se chamaillaient.

Le jour se leva. Gigi songea qu'elle y était allée un peu fort avec la voiture. *La voiture !* Avachie dans son lit, elle contacta son assurance.

— Une entreprise de dépannage viendra sur place et nous vous fournirons un véhicule de remplacement le temps des réparations, expliqua le conseiller. J'ai bien noté qu'il s'agissait d'un acte de vandalisme. Vous devrez déposer plainte. Une expertise aura ensuite lieu pour évaluer les dommages et permettre votre indemnisation.

— Mais bien sûr ! Avec ce que je vous paie, c'est contre vous que je devrais porter plainte, bande de voleurs, pensa Gigi à voix haute.

— Pardon ?

— Bien sûr, envoyez le dépanneur. À tout à l'heure !

Elle jeta l'appareil sur le lit et enfila sa robe de chambre.

— Je t'en foutrais des déclarations de sinistre. J'ai d'autres chats à fouetter.

Gigi descendait l'escalier de la maison quand elle le vit. Il avait pénétré chez elle. Osé poser ses sales pattes de bête du diable dans son intimité. Elle bondit pour le chasser. Son pied se prit dans la ceinture de sa robe de chambre. Son corps lourd dévala les marches. Sa tête frappa fort contre une arête tranchante. Au niveau du palier, du sang commença à s'étendre sur le carrelage.

L'animal s'approcha comme pour vérifier son crime avant de filer, telle une ombre.

Dans un dernier souffle, Gigi tenta d'appeler :

— Émile…

Son mari ne viendrait pas.

Pour la première fois de sa vie, personne ne l'entendrait.

Émile dormait encore.

Livia faisait couler du café, deux tasses disposées devant elle. Dans l'une, elle versa du lait. Dans l'autre, un mélange d'anxiolytiques. Ça ralentit les idées. Parfait pour convaincre un homme de vous épouser. La mixture serait plus tard complétée d'anti-hypertenseurs. Elle savait d'expérience — comme ces jours où elle avait senti la noirceur de son âme s'emparer d'elle-même — que cela pouvait provoquer un brusque arrêt cardiaque.

Une présence dans son dos la fit sursauter.

— Dieu soit loué ! Ce n'est que toi, Méphisto. Ton maître est mort d'inquiétude à ton sujet, dit-elle en s'accroupissant.

Le félin vint se frotter contre ses jambes en ronronnant. Elle regarda les tasses, puis le chat, et décida de le porter aussitôt à son voisin.

— Tu sais, c'est une journée importante pour moi ! continua-t-elle en traversant la rue sans quitter des yeux le petit être au pelage noir.

Pressé, le conducteur du camion de dépannage roulait aussi vite qu'il pianotait sur son portable. Il ne les vit que trop tard.

Émile fut réveillé par des sirènes de police et de pompiers. Il se pencha à la fenêtre de la chambre d'amis de Madame Richelieu et regarda le ballet des personnages en uniforme. Il suivit des yeux les brancards emportant Livia et Gigi.

Sur son perron, Victor Corbeau examinait également la scène. Méphisto se réfugia dans ses bras. Victor le caressa d'un geste lent songeant à sa tâche des prochains jours.

— Bon travail mon chaton. Cela me plaît beaucoup plus ainsi, ricana-t-il.

Il fit un signe de tête à Émile. Les deux hommes se dévisagèrent un moment.

Émile se figea quand les paroles échangées la veille lui revinrent à l'esprit.

— Les femmes c'est comme l'argent, on aimerait pouvoir les jeter par la fenêtre, n'est-ce pas ? avait ri Corbeau.

Émile avait souri. Acquiescé malgré lui.

— Reparlons-en demain ! avait proposé Corbeau.

Sans bien comprendre, Émile avait serré la main tendue, scellant ainsi le pacte.

Anne FOUANT

Fidèle auteure du collectif, Anne Fouant a participé à l'intégralité des recueils et nous fait retrouver avec plaisir ses personnages Madeleine et Paulette, qui nous accompagnent depuis le début des Auteurs Masqués. L'auteure dépeint avec justesse le quotidien et les sentiments de nos semblables dans ses nouvelles pleines d'humanité.

Instagram : @nanou.fou
annefouant@gmail.com

Le bonheur des uns…

Par Anne Fouant

— Dépêchez-vous Madeleine, on va être en retard !

— On n'est pas aux pièces, on est placées, Paulette. Ce n'est pas la peine d'arriver trop tôt ! De toute façon je ne peux pas courir, j'ai mal aux pieds, se plaignit Madeleine en regardant ses mocassins en cuir à pompons.

— Oh vous, avec vos chaussures ! Mettez donc des baskets, c'est beaucoup plus confortable !

— Des chaussures de sport ? Mais de quoi j'aurais l'air avec ça ?

— Ben, vous aurez le même air que moi ! répondit Paulette, médusée.

— Oh pardon je n'avais pas vu, rétorqua Madeleine en découvrant les baskets blanc et or de Paulette. Mais vous, ça vous va bien…

Madeleine activa le pas, oubliant son mal de pieds.

Elles arrivèrent devant la salle de spectacle qui accueillait le concert de Véronique Sanson.

Madeleine et Paulette habitaient un immeuble cossu de la banlieue parisienne. Elles s'étaient liées d'amitié pendant le premier confinement[1]*. Seule Madeleine avait échappé à la covid, que tout le monde avait attrapée lors d'une fête des voisins à laquelle elle n'avait pas participé. Contrainte de venir en aide à tout l'immeuble, notamment pour faire les courses, elle avait fini par prendre plaisir à ses sorties obligatoires dans les rues désertes et calmes. Vieille fille solitaire au caractère affirmé, elle s'opposait en de nombreux points à sa voisine Paulette, bien plus tolérante. Cette dernière avait cependant su, par sa gentillesse, fissurer la carapace de sa voisine, devenue amie.

— Vous avez vu la queue ? s'écria Madeleine, on en a pour des heures !

— Mais non, ça va aller vite. Et puis, on est placées, c'est vous qui me l'avez dit ! tempéra Paulette.

— Alors, vous voyez pourquoi il ne fallait pas lambiner !

Paulette ouvrit grand les yeux, puis la bouche, puis se ravisa. À quoi bon faire remarquer à quelqu'un qu'il est de mauvaise foi, quand justement la personne est de mauvaise foi ? On risque d'engranger des discussions sans fin. Et là, Paulette n'en avait pas du tout envie.

Les deux amies se retrouvèrent devant un vigile et durent ouvrir leur sac à main. Madeleine s'exécuta de mauvaise grâce, craignant qu'on lui confisque ses pastilles Vichy. C'est sa bouteille d'eau qui fut réquisitionnée. La mort dans l'âme, elle dut en racheter une au bar, à laquelle le bouchon fut enlevé.

---

1 Voir *Histoires de Confinés*

— Paulette, regardez, j'ai plus de bouchon. Ils ont peur de quoi ? Que je lance ma bouteille ? Ils sont fous ! Au prix que ça coûte !

Enfin, elles entrèrent dans la salle et suivirent une ouvreuse jusqu'à leurs sièges. Paulette s'acquitta d'un généreux pourboire au grand dam de Madeleine qui estimait qu'elles auraient tout à fait pu trouver leurs places toutes seules !

— On sait quand même lire une lettre et un chiffre !

Elles s'assirent enfin, ôtèrent leur manteau, placèrent leur sac et la bouteille sous les sièges. Il restait un bon quart d'heure avant le début du concert.

Elles se mirent à observer le voisinage.

Un monsieur d'âge mûr était assis à la droite de Madeleine, une petite dame devant elle et personne derrière. Parfait ! Elle allait pouvoir profiter du spectacle.

Paulette n'avait qu'un monsieur derrière elle et personne à sa gauche, ni devant. Cela ne dura pas. Une femme d'un âge incertain s'assit devant elle. Encombrée de son hot-dog, paquet de chips et bouteille d'eau, elle peinait à se déshabiller. Ses cheveux étaient attachés par une grosse barrette qui faisait ressortir les mèches à la verticale sur le dessus de la tête.

Madeleine se pencha vers son amie :

— Vous allez voir quelque chose avec ça ? On dirait un plumeau sur sa tête !

— Mais oui, elle va certainement s'asseoir au fond de son siège.

Un homme s'installa derrière Madeleine qui sentit

aussitôt deux points de tension dans son dos. Elle se retourna et constata que le monsieur en question avait de longues jambes. Elle soupira. C'était trop beau.

La lumière s'éteignit et le concert débuta. Véronique Sanson commença par un titre de son dernier album, accompagnée par ses choristes. La salle tapait dans les mains gentiment.

À la deuxième chanson, Paulette sentit une odeur nauséabonde, mélange de crasse et de friture. Un jeune homme venait de prendre place à sa gauche.

Madeleine ne tarda pas à réagir et se repencha vers son amie :

— C'est bien notre veine, v'là un crado maintenant !

— J'ai mon foulard, je vais le mettre devant mon nez, rétorqua Paulette.

— Si ce n'est pas malheureux de sentir comme ça. Au fait, vous voyez quelque chose, au moins, avec votre plumeau ?

— Oui oui, c'est bon, je penche la tête d'un côté ou de l'autre.

— Ben dites, c'est pratique !

L'homme à droite de Madeleine la regarda avec insistance.

Le concert battait maintenant son plein avec les tubes anciens, le public chantait avec l'artiste. Les premiers rangs se mirent debout.

— Vous avez vu les premiers rangs ? hurla Madeleine, ils ont payé plein pot et les voilà tous debout, vous parlez d'une affaire !

Le monsieur derrière elle tapait la mesure avec ses pieds, ce qui envoyait des coups de genoux dans le dos de Madeleine, obligeant cette dernière à ne plus s'appuyer contre son siège.

Le voisin de Paulette s'agita à son tour, ce qui dispersa son odeur fétide.

Madeleine se sentit très incommodée. Dans l'incapacité d'intervenir auprès du voisin de son amie, elle se retourna pour demander à l'asperge d'arrêter de frapper son siège.

— Chui désolé ! C'est un concert, je peux pas rester immobile.

Elle ne répondit rien, mais se renfrogna aussitôt.

Véronique Sanson entama son titre *Bahia*, le préféré de Paulette. Sa voisine de devant commença à dodeliner de la tête au rythme de la musique, gauche droite gauche droite, obligeant Paulette à faire de même pour être en sens inverse du plumeau. Madeleine s'agaça en voyant son amie ainsi gênée et se pencha pour demander à cette dame mal coiffée d'arrêter de bouger.

— Hein quoi ? C'est un concert ! Je bouge si je veux !

— Merci de votre amabilité, vociféra Madeleine.

— Qu'est-ce qu'elle a dit ?

— Qu'elle s'en fiche !

Paulette haussa les épaules et entonna la chanson. Madeleine reprit sa place, et essaya de se concentrer sur le concert. À la demande de l'artiste, les gens du public allumèrent les lampes de leur téléphone, illuminant la salle d'une pluie d'étoiles.

Paulette fit de même avec le sien. Madeleine, n'en ayant pas, maugréa qu'avant, on faisait ça avec des briquets.

— Mais vous n'avez pas de briquet non plus de toute façon, Madeleine, s'amusa Paulette.

Galvanisés, les spectateurs commencèrent à se mettre debout un à un.

La voisine plumeau de Paulette fila vers l'orchestre transformé en fosse, provoquant un soupir de contentement de la part de Madeleine. En revanche, la femme devant elle se leva à son tour et se dandina de gauche à droite.

Atterrée, elle se pencha vers Paulette :

— C'est le pompon ! Ils se sont tous ligués contre nous, ma parole.

Paulette compatit, mais, de son côté, elle profitait maintenant du champ libre devant elle. Madeleine se mit également debout afin de continuer à voir quelque chose. Elle sentit un liquide couler sur ses pieds et réalisa que sa bouteille était tombée.

Elle dut se contorsionner pour stopper l'inondation. Son voisin la regarda en soupirant.

Le concert se termina, sous un tonnerre d'applaudissements, de rappels, de joies partagées et de promesses de revenir bientôt.

Les lumières se rallumèrent, Madeleine et Paulette, après avoir récupéré leurs affaires, se dirigèrent lentement vers la sortie.

À l'extérieur, il faisait frais. En rajustant son manteau, Paulette interrogea son amie :

— Alors, vous avez aimé ? J'ai l'impression que ça ne vous a pas plu.

— Le spectacle, oui beaucoup. Mais le voisinage, une catastrophe !

— Vous avez raison, on n'a pas été gâtées.

— Et ce bonhomme à côté de vous. Mon Dieu, une infection ! grimaça Madeleine. C'étaient vraiment les pires voisins que l'on puisse avoir !

— Hihi, en fait, il nous faudrait un concert rien que pour nous ! Un concert privé.

— Privé ? Ah mais attendez, j'ai ça à la maison ! Venez Paulette, je vais nous préparer un concert aux petits oignons, un concert VIP. L'avant-dernier spectacle de Véronique Sanson, ça vous va ?

Une heure plus tard.

— Vous êtes bien installée ? s'enquit Madeleine en rajustant les coussins derrière Paulette.

— C'est parfait ! Et vous ?

— Très bien : pas de plumeau, pas d'odeur, pas de genou dans le dos !

— Ne renversez pas votre boisson, hihi.

— Aucun risque ! s'en amusa Madeleine.

Les deux amies étaient enfoncées dans le canapé, un plaid en laine sur les jambes, leurs chaussons aux pieds. Anisette, le bichon frisé de Madeleine, dormait paisiblement dans son panier. Sur la table, une bouteille d'anisette, une carafe d'eau fraîche, deux verres remplis et des petits gâteaux salés. Une bougie parfumée à la framboise exaltait sa douce fragrance. Le salon était particulièrement calme, ce qui contrastait avec le brouhaha de la salle de spectacle.

La télécommande à la main, Madeleine donna le top départ au DVD. Ça démarrait doucement, elle monta un peu le son. Après quelques titres récents pour l'époque, les vieux tubes vinrent réveiller la salle. Les spectateurs se mirent à chanter. Paulette et Madeleine les accompagnèrent bien volontiers. Paulette eut sa chanson *Bahia* qu'elle put savourer sans avoir besoin de bouger la tête. Madeleine monta le volume pour que son amie profite pleinement. À la chanson suivante, on entendit des coups répétés au plafond.

Madeleine, contrariée, regarda son amie.

— C'est pas vrai qu'il nous fait des travaux un samedi soir, celui-là !

— Qui ça ? cria Paulette qui sortait de sa rêverie.

— Ben le colonel du dessus ! Robbie !

Le voisin en question était un colonel en retraite, qui vivait seul et menait une vie discrète. Monsieur Robert Bauchart était surnommé par Madeleine « Robbie la terreur » car il aboyait un bonjour tonitruant qui faisait sursauter tout l'immeuble.

Madeleine augmenta encore le son pour couvrir le bruit. L'ambiance du concert était maintenant à son apogée. Les deux amies se dandinaient sur le canapé en chantant à tue-tête ! Subitement, Anisette se redressa et bondit vers la porte d'entrée. Madeleine saisit la télécommande pour baisser le son et se précipita à son tour pour ouvrir.

Le colonel se dressait devant elle. Ne quittant jamais ses décorations, il arborait ce jour-là un pull bleu marine sur lequel étaient épinglées ses médailles militaires. Un pantalon kaki, sans faux pli, complétait sa tenue. Malgré une petite taille, il imposait le respect. Ses yeux rapprochés étaient cerclés de lunettes de couleur dorée et son regard vif semblait toujours scruter sévèrement ses interlocuteurs.

Ce jour-là, il accompagna son bonjour tonitruant par « Madame Plancher » tout en se redressant dans une posture de garde-à-vous, ce qui n'était pas bon signe du tout. Signe d'une diatribe à venir.

— Madame Plancher, nous sommes samedi soir. Ce que vous faites de vos soirées ne me regarde pas. Mais ce tapage est intolérable, bonsoir Madame (Paulette avait passé une tête dans l'entrebâillement de la porte). Je n'appellerai pas la police, eu égard à notre relation de voisinage, mais je vous ordonne de cesser ce bruit !

— Monsieur Bauchart, s'énerva Madeleine, sauf votre respect, nous sommes allées voir un concert avec un plumeau, un crado, une girafe et j'en passe, alors là, on essaye de profiter un peu !

— Et on n'est pas à vos ordres ! ajouta Paulette.

— Un plumeau, une girafe ? Je ne comprends pas ce que vous dites, madame Plancher !

Puis, après un soupir, las :

— Vous êtes vraiment les pires voisines que l'on puisse avoir !

Caroline LEGRAIN

Après des études de Relations Publiques, Caroline Legrain a entamé une carrière dans la communication, métier qu'elle exerce depuis quinze ans. Quoi qu'elle entreprenne, l'écriture n'est jamais loin. Elle en a besoin. Hypersensible, elle aime décortiquer les émotions, la psyché, tout ce qui se passe sous la surface et que l'on tait bien trop souvent.

Instagram : @carolegrain
Facebook : Caroline Legrain
caroline.legrain@yahoo.com

Le paradoxe du fermier

Par Caroline Legrain

Le livreur pose le colis sur le pas de la porte. J'ouvre celle-ci d'un geste vif avant qu'il ne puisse partir. C'est dingue : il y a à peine deux jours, je me planquais pour qu'il ne m'aperçoive pas. Là, c'est moi qui me rue sur lui. Et pas parce que le contenu du carton m'intéresse. Enfin si, des bouteilles de vodka, c'est toujours bon à prendre. Cela dit, il est un peu tôt pour ça, même pour moi.

— J'aime pas les gens, je lui dis.

Il me regarde, manifestement déboussolé par mon air bougon.

— Je… viens juste vous livrer ce…

J'éclate de rire.

— Allez entre ! Je suis d'humeur à papoter.

— Mais Monsieur, j'ai ma tournée, et…

— Entre t'asseoir, je te dis !

Il obtempère à la vue de l'énorme pelle que j'agite dans sa direction. Il prend le premier fauteuil disponible, celui juste à côté de la porte. Ses pieds laissent des traces dans la poussière du living. J'aime pas nettoyer. Je m'installe face à lui et pose la pelle sur mes genoux.

— Tu sais, je me suis installé dans cette ferme pour ne plus voir personne. Jamais. Je cultive ma bouffe, j'ai mon puits pour l'eau, mes panneaux solaires pour l'électricité, et surtout, y'a pas un voisin à cent kilomètres à la ronde. Après quarante-deux ans d'informatique dans une multinationale, franchement, je l'ai gagné, mon paradis. Avant, ça grouillait, ça bruissait, merde, ça gueulait. J'en pouvais plus. Je supportais plus les gens. Maintenant je profite d'un silence… cosmique.

— Je peux vous laisser, c'est vraiment pas un problème.

Il gigote sur sa chaise et moi je me marre. Je préfère l'ignorer et continuer, même s'il regarde sa montre. Et ma pelle.

— Bref, c'était le cas jusqu'à il y a six mois. C'est là que j'ai commencé à remarquer un peu plus de passage dans la région. Des voitures, d'abord. Puis carrément des camions. Je ne peux pas dire que j'avais envie d'aller faire copain-copain avec tous ces gêneurs, mais je suis quand même allé voir. Ils étaient en train de creuser un énorme trou. Clairement des fondations pour un bâtiment. Les cons. Je ne suis pas allé leur parler, faut quand même pas abuser. Et puis pour dire quoi ? J'ai un peu perdu l'habitude, à vrai dire. Non que j'aie été un grand bavard avant, on va pas se mentir. J'ai même un jour entendu le responsable RH me traiter d'asocial. C'est lui qui considère les humains comme des ressources et c'est moi l'asocial ? De qui on se fout, exactement ? Bref, je digresse.

— J'ai encore pas mal de colis, vous savez…

— Il y avait un bon quinze kilomètres entre le site de

construction et ma ferme alors j'ai décidé de ne pas trop m'en préoccuper. De toute façon, c'est pas comme si on me demandait mon avis… Au début, j'ai pas remarqué grand-chose. Quelques vibrations, rien d'anormal quand des véhicules de plusieurs tonnes passent à proximité. Mais depuis la semaine dernière…

Je marque une pause. Ménager mes effets, c'est important. Pour la première fois, il lève les yeux vers moi.

— D'abord, je me suis rendu compte que certains objets semblaient avoir bougé de quelques centimètres. Dans un premier temps, je me suis dit que je me trompais, qu'ils avaient toujours été là. Cela dit, je suis pas un accro du ménage alors quand un objet bouge… ben y a un trou dans la couche de poussière. J'ai aussi commencé à avoir des bourdonnements dans les oreilles. « Sûrement des bons vieux acouphènes », j'ai pensé.

— Monsieur, j'ai ma tournée, je dois vraiment y aller.

— Je me suis tâté pendant quelques jours. Ça m'emmerde qu'il y ait des gens pas loin. Alors, est-ce que je suis en train de devenir parano ? Certains te diraient que je l'ai toujours été, mais bon, ça c'est un autre débat.

— Monsieur…

— OK, OK, j'en viens au fait. Hier matin, j'ai voulu me servir une tasse de café. Et quand je me suis retourné pour prendre le lait que j'avais posé sur le comptoir, il… C'est de la folie, je sais… Le lait…

Je me tais. J'ai peut-être eu tort de le faire entrer et de tout lui déballer. Mais, pour la première fois, il me regarde vraiment et il a arrêté de gigoter.

— Il ?

— Il *volait.*

Il se tait et me fixe du regard.

— Je vois que tu ne t'en vas pas en courant.

— Selon mon boss, vous avez exigé que ce soit moi qui vous livre.

Sa voix est étranglée, presque inaudible.

— J'ai vu le post que tu as écrit.

— Oh.

— Pourquoi est-ce que je n'ai jamais trouvé ta maison ?

— Mon cabanon ? Peut-être que vous n'avez jamais cherché. Il est pas si loin d'ici…

Je pousse ma pelle derrière mon fauteuil. Quelque chose me dit que je n'en aurai plus besoin.

— Un point pour toi. Donc, tu te doutes qu'il y a eu le lait et puis… le reste.

— Oui.

— Mais tu ne sais pas pourquoi.

— Non.

— Eh bien, figure-toi que si quarante-deux ans d'informatique m'ont appris un truc, c'est que quand ça dysfonctionne, c'est rarement par hasard. Et j'aime bien aller au fond des choses. Alors j'ai commencé par avaler mon café, en rattrapant de justesse ma tasse qui avait décidé d'aller faire coucou au lait… et puis je suis sorti de chez moi. Tu vois, j'avais remarqué qu'il faisait calme. Beaucoup, beaucoup plus calme que pendant les six derniers mois. En fait, même pour moi, c'était presque glauque. Dehors, le silence m'a explosé à la gueule. On n'entendait même pas un putain d'oiseau !

— Je sais, c'était pareil chez moi…

— Et t'as pas trouvé ça un peu bizarre !?

— Bof, pas plus que le magazine qui se baladait dans ma chambre.

— Tu gardes tes magazines dans ta chambre, toi ? C'est quel genre, exactement ?

Il rougit.

— Bref, au lieu d'aller voir d'où ça venait, t'as préféré balancer toute l'histoire sur les réseaux sociaux… Les jeunes… Ben moi, j'ai observé les environs. Et j'ai remarqué un truc. Toutes les branches d'arbres pointaient dans une même direction.

— C'est pas si étonnant, ça, par contre.

— Sauf quand y a pas de vent, banane. C'est comme si elles m'indiquaient le chemin.

— Banane ? Vous êtes sérieux, là ?

— Tu veux que je ressorte ma pelle, Dugenou ?

— Je…

— Bon, je vois qu'on est d'accord. Donc, j'ai suivi les branches d'arbres. Ça m'a foutu des frissons de me balader entre les chênes, comme ça, dans un silence de mort. Y'avait des feuilles partout… mais aucune ne touchait le sol. Et l'air, il était…

— Dense ?

— Ouais, c'est ça, dense. Comme s'il y avait autre chose… Mais moi, par contre, j'étais de plus en plus léger. Au début, je ne m'en suis pas rendu compte. Ça s'est fait progressivement. J'ai marché des heures… et puis j'y suis arrivé.

Il déglutit avant d'oser demander :

— Où ?

— Là où ils ont commencé à creuser il y a six mois. Sauf qu'à la place du trou, y'avait un foutu hangar. Et que je devais m'accrocher aux arbres pour pas m'envoler. Ce truc il me… il m'attirait vers lui.

— Comme tous les autres objets qui lévitaient…

— Tu vois que t'es futé quand tu veux. Ce qui m'a vraiment foutu les boules, c'est qu'il n'y avait personne aux alentours.

— Et alors ?

— Et voilà qu'il recommence à être con. À ton avis, les mecs qui ont construit un truc pareil, ils auraient pas tendance à monter la garde ? Sauf que là… y'avait que moi. Mais bon, comme j'ai dit, j'aime bien aller au bout des choses. Surtout si ça me donne la possibilité de monter un dossier pour me débarrasser des gêneurs qui s'installent près de chez moi. Donc, j'ai avancé. À vrai dire, à ce stade, j'avais plus exactement le choix… Je dérivais vers le hangar. Quand je suis arrivé à la porte… elle s'est ouverte. C'était presque que comme si on m'attendait.

— On ? Il y avait des gens ?

— Non. Pas des gens. Derrière la porte, tout était rose, mauve, je sais pas comment dire. Quand je suis entré, c'était comme… entrer dans une piscine, tu vois ? Tu sens que tu passes de l'air à l'eau, tu changes de milieu. Mais j'étais pas mouillé. J'étais juste… bien. Et puis à ce moment-là, j'ai commencé à… je me suis mis à…

— À quoi ?

— Si tu racontes ce que je m'apprête à te dire, je te casse les genoux. Je me suis mis à chialer comme un bébé. J'étais… j'avais pas peur… j'ai eu la sensation d'être… complet. C'était doux, bon… Ils étaient là.

— Qui ?

— Nos voisins. Le hangar… C'est un passage vers

Andromède.

— Andro… quoi ?

— La galaxie d'à côté, bouffon. Et elle abrite de la vie.

— Attendez… quoi ? Et… ils vous ont… parlé ?

— Ils ont mis des images dans ma tête. J'ai compris pourquoi il n'y avait personne. Ils les ont aspirés.

— Aspirés ?

— C'étaient pas des gens bien. Du coup, les Andromédiens…

— Andromédiens ?

— T'arrêtes de répéter tout ce que je dis ? Je sais pas de quelle planète ils viennent, alors je leur ai donné le nom de leur galaxie.

— C'est eux qui vous ont donné le nom de leur galaxie ?

— Google est ton ami, mon grand. Donc, pour revenir à ce que je disais, les Andromédiens ne cherchent pas à parler à n'importe qui. Et sûrement pas à des connards qui construisent des portails inter-dimensionnels pour essayer de se faire du fric.

— Et vous, vous n'êtes pas n'importe qui, du coup.

— Écoute, je sais pas pourquoi ils ont voulu de moi. Ce que je sais, c'est que depuis des années, on se demande s'il y a de la vie hors de notre planète. Tu connais le paradoxe de Fermi ? En gros, l'univers est tellement grand qu'il y a des probabilités élevées de vie extraterrestre. Et pourtant, on n'en a jamais croisé. Pourquoi ? Parce qu'on a de la merde dans les yeux. Et moi j'en avais aussi. J'ai passé mon existence entière à essayer de fuir mes semblables. Et, en même temps, je souffrais de la solitude. C'est ma contradiction à moi. Je me sentais mal. Et quand je les ai rencontrés… ben ça a résolu le paradoxe de Fermi et celui du fermier…

— Pourquoi vous me racontez tout ça ?

— T'as rien écouté, ou quoi ? Je veux pas être seul. Après tout ce qui s'est passé, j'ai changé mon fusil d'épaule, j'ai cherché le contact. Je savais pas comment faire alors je me suis tourné vers ce que je connais : les ordinateurs. Je me suis inscrit sur les réseaux sociaux pour parler à quelqu'un. Mais je me suis vite rendu compte que si je parlais de mon expérience, on allait m'enfermer et jeter la clef. Et puis, j'ai trouvé ton post.

— Moi, j'avais plus de chances de vous croire…

— Tu vois, tu percutes. Bon, et il y avait aussi un autre détail dans ton témoignage qui a attiré mon attention.

Cette dernière remarque le gêne, je le sens. Il feint de l'ignorer.

— Pourquoi vous ne dites pas juste aux gens d'aller voir là-bas ?

— T'as regardé autour de toi récemment ? Tu vois encore des trucs qui lévitent ?

— Ben non, mais…

— Ils m'ont touché. C'était comme une étreinte. Mais une étreinte sans corps. C'était comme d'être cajolé de tous les côtés à la fois. Comme une caresse qui va jusqu'à l'âme. Et puis là, j'ai glissé au sol et tout est redevenu noir. Ils avaient obtenu les informations dont ils avaient besoin… et moi aussi. Si quelqu'un se promène par-là, tout ce qu'il trouvera c'est un énorme hangar vide. J'ai eu ce que je voulais, les voisins sont partis. Mais là, j'en veux plus. Je dois tout réapprendre. Je sais pas parler aux gens. Je sais pas aimer. Et pourtant, si les voisins m'ont appris un truc… c'est que je ne serai jamais complet tant que je n'essaierai pas.

Je tends une main dans sa direction. Il l'attrape et nos doigts se croisent. C'est doux et chaud. Je n'avais jamais rien compris avant. Il m'a fallu un message en provenance d'une autre galaxie pour saisir la nature humaine. Ma propre nature. Celle qui veut que l'on n'existe que lorsqu'on vit dans le cœur d'autrui. Celle qui fait de nous des êtres de chair, de sang, mais surtout d'amour.

Il se penche vers moi et prend mon autre main. Tout fait sens alors au creux de cette proximité qui se dessine entre nous. Son témoignage sur les réseaux sociaux. Cette petite phrase où il mentionne sa recherche de l'homme idéal.

Aucun doute, c'est un cadeau du ciel.

Julien LAOCHE

Grand amateur de Science-Fiction (SF), lecteur assidu de tout genre littéraire et observateur du monde qui nous entoure, Julien Laoche est un auteur autoédité d'un roman de philosophie-fiction, *AMA*, d'une nouvelle de SF, *Saturne*, d'un recueil de nouvelles SF-anticipation, *Quêtes du futur* et d'une autre nouvelle, *Faux-semblants*, dans le recueil de nouvelles *Odyssée mythique* de l'association « Nos plumes pour vous » au profit d'Ophélie World. Il a participé à quatre recueils du collectif des Auteurs Masqués. Il a des projets en préparation dont un autre recueil de nouvelles SF-anticipation.

Instagram : Julien Laoche (@julienlaoche)
Facebook : Julien Laoche - Auteur des possibles
Courriel : julienlaoche@gmail.com

Un ami à tout prix

Par Julien Laoche

— Dites-nous ce qu'il s'est vraiment passé, monsieur Nioble.

— Et n'omettez aucun détail.

Les deux policiers me regardent droit dans les yeux.

La même question qu'hier, pensé-je. Las, je raconte à nouveau mon récit.

— Je suis entré à la prison de Fleury-Mérogis, il y a cinq mois, pour vol à la tire. Je suis le roi dans ce domaine. Lors de ma dernière arrestation, j'ai pris trois ans ferme. Faute de place, on m'a cloîtré en quartier d'isolement avec les terroristes, les détenus menacés de mort, les vedettes des médias et de la politique. Ça ne me gênait pas plus que ça, si ce n'est que je m'ennuyais… J'ai horreur d'être seul ! Heureusement, Paul est venu me rejoindre. Il logeait dans la cellule voisine. Ils l'ont transféré pour laisser entrer un nouveau pensionnaire. Ils nous ont mis ensemble, car on n'était pas concernés par les mesures d'isolement. Il est tombé pour vol avec effraction. D'après le procureur, c'était le maître des cambriolages et des ouvertures de coffres, Paul disait qu'il était innocent… comme tous les autres. Moi, j'ai surtout trouvé un ami, agréable et sympathique. On s'est découvert des passions communes pour la littérature et les échecs, ce qui a fortement amélioré mon quotidien, et bien plus. Vous qui êtes en liberté, vous n'avez pas idée du poids de la solitude. Vous ne pouvez pas comprendre à quel point avoir un compagnon de cellule a changé ma vie…

Un des enquêteurs me coupe :

— Racontez-nous plutôt le soir de l'agression.

L'intervention réveille son collègue qui s'était presque endormi.

Je réfléchis un instant. Une idée me vient.

— Écoutez, si je vous dis la vérité, vous me promettez d'une, de me donner des nouvelles de Paul, et de deux, qu'il n'aura pas de problèmes ?

Ils semblent surpris.

— Il n'y aura aucune poursuite contre votre codétenu, affirme l'un d'eux avec un rictus.

J'en profite pour ajouter :

— Deux autres conditions : que rien ne se retourne contre moi et que j'obtienne une remise de peine.

Les deux types hésitent.

— Nous pourrons nous arranger selon l'intérêt des informations que vous nous fournirez.

— OK. Ce que je vais vous raconter va vous paraître dingue, mais c'est la vérité.

— Nous vous écoutons.

Je prends une grande respiration et commence mes confessions…

***

« Un jour, un surveillant est venu dans notre cellule pour une inspection, mais j'ai remarqué qu'il s'intéressait surtout à la partie occupée par Paul. À un moment, il a trouvé une sphère blanche, de la taille d'une petite boule de pétanque, qu'il lui a confisquée.

Le lendemain, Paul m'a demandé, suppliant :

— Kevin, tu m'as dit que tu étais un bon pickpocket : j'aimerais récupérer cette boule que tu as vue hier.

— Pourquoi ?

— Parce qu'elle me permet de parler à ma femme et ma fille, mais pas que…

— C'est-à-dire ?

— Désolé, vieux, je ne peux pas t'en dire plus. Tu en es ou pas ?

Tellement fier que mon nouveau compagnon de cellule me fasse confiance, et pour sceller notre amitié, j'ai accepté le défi.

J'ai observé le surveillant pendant plusieurs jours. J'ai remarqué une déformation sur l'un des côtés de son uniforme : ça allait être facile ! Il suffisait d'attendre. Le moment venu, j'ai fait semblant de trébucher et l'ai bousculé. Tout en m'excusant, j'ai glissé une main dans sa poche intérieure pour récupérer discrètement l'objet. Paul était soulagé lorsque, de retour dans notre cellule, je lui ai montré son Graal avec fierté.

J'ai observé la chose, tandis qu'il la manipulait. C'était une sphère blanche, parfaitement lisse. Soudain, une lumière immaculée est apparue de bas en haut dans un grondement d'orage lointain, formant une sorte de porte. J'étais tétanisé.

— Tu ne bouges pas et tu ne dis rien à personne. Compris ?

Je n'ai pas eu le temps de lui répondre que, la boule à la main, il a franchi le seuil et a disparu en même temps qu'elle. Une heure plus tard, le phénomène s'est reproduit et Paul est ressorti de l'ouverture.

Heureux de le revoir en vie et curieux de savoir ce qui était arrivé à mon ami, je l'ai assommé de questions. Épuisé, il m'a promis de tout me raconter le lendemain, puis est tombé de sommeil.

De mon côté, perturbé et multipliant les interrogations dans mon esprit, je ne parvenais pas à dormir.

Soudain, j'ai entendu l'orage gronder doucement. Je me suis redressé. Une nouvelle porte lumineuse est apparue à l'autre bout de notre cellule. Paniqué, j'ai réveillé Paul.

Il a à peine eu le temps de sortir de sa torpeur, qu'un homme a traversé l'ouverture, un silencieux à la main. Sans sommation, il nous a tiré dessus. Je me suis vite éloigné pour foncer sur lui, tête baissée, le renversant. Dans notre lutte au sol, je suis parvenu à lui faucher son arme. Je me suis redressé et l'ai tenu en joue.

— Qui êtes-vous ? Qu'est-ce que vous voulez ?

Un violent coup à la tête m'a fait perdre connaissance. Dans un état second, j'ai vaguement entendu la porte de la cellule s'ouvrir. Tout s'est agité autour de moi. J'étais sur le point de sombrer lorsque deux claques m'ont réveillé, puis deux autres m'ont ramené dans le monde réel. J'ai senti la douleur se raviver à l'arrière de mon crâne.

— Relevez-vous ! Je vous emmène !

Un nouveau grondement et toujours ce rectangle lumineux. L'homme venu m'aider m'a conseillé de retenir mon souffle avant de passer la porte. Sa fermeture nous a plongés dans le blanc absolu. Impossible de respirer. Soudain, des tourbillons multicolores ont surgi et empli l'ensemble de ma vision. Un sifflement strident est monté en puissance. Je me suis bouché les oreilles. Au bout d'un moment, le vacarme a diminué d'intensité avant de disparaître. Les murs de ma cellule sont apparus subitement à travers une autre ouverture. J'ai enfin repris mon souffle. L'homme a manipulé la boule qu'il avait dans la main, refermant le rectangle lumineux après notre passage. Nous nous sommes assis par terre, épuisés. J'en ai profité pour observer mon sauveur. Ce dernier était blessé au visage, à l'une de ses cuisses et aux côtes.

— C'était quoi tout ça ?

L'autre a souri, malgré ses souffrances.

— Je ne sais pas si j'ai le droit de vous le dire.

Il s'est mis à rire avant que la douleur le contraigne à s'arrêter.

Soudain, je l'ai reconnu : le surveillant à qui j'avais volé la sphère blanche.

— Vous ? Mais vous êtes qui ? Et ces types ? On les a semés ? On a passé la porte lumineuse ? On est où, là ?

Il a ricané à nouveau.

— Pas de commentaire.

Au bout de quelques minutes, j'ai entendu une série de serrures se déverrouiller et des bruits de pas se diriger vers nous. Ils étaient plusieurs. J'ai tenté de récupérer l'arme de mon compagnon d'infortune, mais il m'a repoussé et même tenu en joue. D'un signe de tête, il m'a sommé de ne pas bouger. Un homme en costume est entré lorsque la porte s'est ouverte. Il a eu l'air surpris quand il m'a vu.

— Un des leurs ?

— Non, juste un imbécile qui a tout fait foirer… »

***

Je marque une pause. Les deux inspecteurs m'observent et m'écoutent.

— Peu de temps après, je suis tombé dans les pommes. Je crois que je ne m'étais pas remis de mon coup sur la tête. Je me suis réveillé dans la cellule d'une autre prison. Et depuis, je réponds à vos questions, encore et encore…

Un lourd silence s'installe.

— Vous avez changé de version depuis hier.

— Oui, je sais, mais j'avais peur qu'on me prenne pour un fou.

Ils se regardent, un sourire en coin. N'en tenant pas compte, j'ose demander :

— Vous pouvez me dire ce qui est arrivé à Paul ?

— Négatif.

— Dites-moi, votre histoire, là, ce n'est pas pour vous faire passer pour un irresponsable pénalement, par hasard ?

— Hein ? Mais, non…

La porte s'ouvre. Un homme entre, le bras en écharpe. Je reconnais mon sauveur.

— Je vais prendre le relais, messieurs. Merci.

Je suis surpris de le voir ici et aussi complice avec les deux policiers qui se lèvent et le saluent avant de sortir.

— Vous êtes vraiment gardien de prison ?

Il sourit.

— Je m'appelle Joe et je suis agent secret.

— Ah ! Tout s'explique.

— Je travaille au service des e*nquêtes multiverselles.*

— Hein ? Ça veut dire quoi ?

— Nous enquêtons sur des affaires qui se déroulent dans le multivers.

Je ne comprends rien à son charabia.

— Sur notre Terre alternative, grâce à une découverte majeure dans le domaine de la physique, l'excursion entre les mondes multiples – ou parallèles – est devenue possible. Cette technologie s'est démocratisée, donnant naissance, entre autres, à des agences de voyages quantiques. Malheureusement, certaines organisations criminelles l'utilisent pour étendre leur influence sur d'autres univers. Celui que vous appelez Paul était un spécialiste de l'ouverture des coffres. Ses aveux ont permis de faire le ménage et il a pu bénéficier de la protection des témoins. Les autorités l'ont expédié dans un monde multiple, le vôtre, avec une nouvelle identité. Cependant, le numéro deux du plus gros réseau de braquages de banques interplanétaires alternatives a réussi à échapper aux poursuites, faute de preuves. Il en a profité pour créer son propre clan et cherche à abattre tous ceux qui ont collaboré avec nos services.

« Votre ex-codétenu a vécu une vie sans histoire pendant cinq ans avant que ses vieux démons ne reviennent le hanter. Il s'est relancé dans le vol avec effraction à son compte. La police locale a réussi à l'arrêter et on m'a envoyé sur place afin d'infiltrer la prison pour veiller à sa sécurité. Voilà pourquoi je me suis retrouvé surveillant là-bas. Je pense qu'il s'est fait repérer la dernière fois qu'il a utilisé la sphère pour prendre des nouvelles de ses proches. Il savait pourtant que dans notre monde, ils étaient épiés par les malfaiteurs.

« Ça m'inquiétait de voir votre complicité naissante quand on vous a mis dans la même cellule. Je ne pouvais plus lui parler librement. J'ai réussi à placer un micro dans son lit, ce qui m'a permis de suivre vos conversations. Et ça vous a sauvé la vie.

« J'ai entendu qu'il se passait quelque chose d'anormal dans votre dortoir, mais ma sphère avait disparu. Je n'ai pas pu me téléporter directement dans votre cellule, j'ai dû courir pour vous rejoindre.

— C'était à vous, la boule blanche ?

— Et oui. Vous m'avez fait perdre du temps. Quand je suis arrivé, un des hommes pointait son pistolet sur vous alors que vous étiez au sol. Je me suis jeté sur lui pour le désarmer. Dans le feu de l'action, j'ai dû le tuer… Son complice a réussi à s'échapper par la porte quantique.

— La quoi ? Un complice ? Je n'ai vu qu'un mec !

— Le deuxième était caché, il vous a assommé par-derrière. Et la porte quantique, que vous appelez « la porte lumineuse », permet de voyager d'un monde multiple à l'autre.

Je commence à avoir mal au crâne avec tout ce charabia scientifique.

— C'est là que je vous ai réveillé et emmené ici, dans mon univers. Je devais nous exfiltrer, car ni vous ni moi n'aurions passé la nuit. Après, vous vous êtes évanoui. Nous en avons profité pour vous placer dans une nouvelle prison et vous faire interroger par des collègues déguisés en policiers. Cela m'a permis de faire mon rapport et savoir si l'on pouvait vous expliquer la situation ou non.

J'essaye de digérer toute l'histoire, mais la pilule est dure à avaler. Soudain, j'ai un mauvais pressentiment.

— Mais alors, Paul ?

— Il s'appelait Valentin. Et… ils l'ont abattu. Je suis désolé.

J'accuse le coup. Je suis de nouveau seul. Mon nouvel ami, avec qui je venais à peine de tisser des liens, a disparu. Joe continue à parler, mais je ne l'écoute plus, perdu dans ma tristesse et mes souvenirs.

— Monsieur Nioble, j'ai besoin de votre attention.

Je sors enfin de mes pensées et le regarde dans les yeux.

— Je dois vous avertir que, même si vous êtes maintenant en sécurité, dans mon monde, vous allez être jugé pour mise en danger d'autrui et obstruction à la protection des témoins ayant entraîné la mort. Vous risquez au moins quinze ans d'emprisonnement en isolement total. Vous ne pourrez pas prouver votre histoire, car aucune de vos conversations n'a été enregistrée.

Me voilà pris au piège. Isolement total… La perspective de me retrouver de nouveau seul dans une cellule me terrorise.

— À moins que…

Je sens soudain le début d'une négociation, une échappatoire possible.

— Oui ?

— À moins que vous ne collaboriez avec nous.

— Comment ça ?

— Votre réputation en tant que voleur à la tire vous précède. Vous êtes doué. Nous vous proposons d'utiliser vos talents pour infiltrer certains lieux, poser discrètement des mouchards, récupérer des objets ou documents dans les poches des membres de la mafia quantique… Je vous accompagnerai dans vos déplacements. Nous formerons une équipe, en quelque sorte.

Ces mots résonnent dans ma tête.

— Bien sûr, si vous acceptez la mission, toutes les charges retenues contre vous seront abandonnées.

Un rictus malicieux se dessine sur son visage.

Je fais le point : si je refuse, je retourne en prison, livré à moi-même sans ami ni compagnon de cellule. Si j'approuve, je prends le risque de me faire abattre, mais Joe me protégera. Et surtout, je ne serai plus jamais seul.

J'accepte par défaut.

Satisfait, il m'invite à récupérer mes affaires. En les préparant, je repense à cette nuit. *Comment ont-ils fait pour le retrouver ?* me demandé-je.

Soudain, en fouillant dans mes poches, je trouve une broche à bijoux. Une petite lumière verte clignote.

Un grondement d'orage lointain retentit.

Laure BERGERON

L'écriture a toujours accompagné Laure Bergeron, car elle recèle bien des trésors et permet de nous faire voyager ! L'auteure en a même fait son métier : écrire pour soi, pour les autres, pour une entreprise, le journalisme et la communication étaient des domaines tout trouvés pour exprimer son désir d'écriture. Aujourd'hui, elle reprend un projet d'adolescente un peu fou, entre deux nouvelles avec les Auteurs Masqués : écrire son premier roman !

Erreur de la banque en votre faveur

Par Laure Bergeron

— Je l'aurai un jour, je l'aurai !

Bientôt deux mois que nous faisons bureaux voisins et déjà, je n'en peux plus de lui ! Stéphane par-ci, Stéphane par-là… « Oh je l'adooooore ! », « Il est trop chou ! », « … et puis tellement mignon ! », « Dommage qu'il soit marié ! »… Collègues ou clients, hommes ou femmes, ils sont unanimes sur lui. Monsieur le conseiller financier parfait ! Qu'il m'énerve ! Qu'est-ce qu'il a de plus que moi ?

Non, non… Pas la peine de répondre, la liste, je la connais.

Son petit minois qui les fait tous craquer (oui, touS !), même ma copine, c'est dire si j'en suis jaloux.

Son charisme qui ferait souscrire n'importe quel produit bancaire à n'importe quel client, c'est dire si le directeur l'a à la bonne.

Une aisance de parole, à faire pâlir ceux qui, comme moi, ont toujours besoin de tourner sept fois leur langue dans leur bouche.

La petite famille idéale avec une épouse séduisante et totalement amoureuse. Je le sais, j'ai essayé de la draguer, mais c'est peine perdue.

Des enfants adorables, du genre qui ne crient jamais, qui rapportent uniquement des bonnes notes, polis et bien élevés, tout le contraire des miens…

Oui, la liste est longue, interminable, douloureuse. Mais depuis le premier jour, j'en suis persuadé : elle a une fin. Trouver la faille, l'écorchure, le détail qui tue. Je ne crois pas à la perfection. Encore moins à celle de Stéphane, surtout pas à la sienne. Il y a forcément une ombre au tableau, quelque chose qui cloche. Et c'est moi, Aymeric Taillasson, qui vais le démasquer, révéler au monde entier sa face cachée. Stéphane Lebeau (avouez, ça ne s'invente pas !), prends garde à toi !

Comme chaque matin, je suis en place. Je me débrouille pour arriver au bureau avant lui, histoire de ne pas le rater. Tiens ! La porte s'ouvre, et c'est comme un vent de bonne humeur et de magie en même temps. On dirait Midas qui transforme tout ce qu'il touche en or : Stéphane, lui, se balade avec cette aura qui donne le sourire à ceux qui le croisent. Tel un messie, il fend la foule qui se presse devant lui, chacun espérant être touché par sa grâce. J'exagère à peine : c'est juste qu'à cette heure-ci, on n'est que trois ou quatre dans la banque. Sinon, c'est sûr, ce serait l'émeute. Il m'agace !

Il passe dans chaque bureau, avec un mot gentil pour chacun. Lorsqu'il entrouvre ma porte, je quitte mon poste d'observation et fais semblant d'être hyper occupé. Il passe sa tête dans l'embrasure et chantonne :

— Salut, salut Aymeric ! Tu vas bien ? Déjà au taf ? Bravo ! À tout à l'heure à la machine à café ? Bonne journée !

Je n'ai pas bougé d'un millimètre, pour l'irriter. Même pas ! Du coin de l'œil et à travers le store, je le vois maintenant qui serre la main de monsieur Sérinot et lui glisse un mot accompagné d'un clin d'œil. Et le directeur qui éclate franchement de rire et lui tape sur l'épaule d'un geste amical, limite intime. Il m'exaspère !

Puis Stéphane s'installe dans le bureau attenant au mien. Il passe quelques coups de fil, chantonne en lisant ses mails, accueille ses premiers clients. Les cloisons sont suffisamment fines pour qu'on entende lorsque quelqu'un parle d'une pièce à l'autre, mais assez épaisses pour qu'on ne comprenne pas la teneur des échanges. Si je ne saisis pas ce qu'ils se racontent, on sent que le ton est enjoué et tous repartent satisfaits de cette entrevue avec leur conseiller préféré. Oui, préféré… C'est bien ce qui m'énerve le plus, car du coup, je me trouve relégué au standard, à distribuer les appels et les mails, principalement pour *Môssieur Lebeau.* Moi qui aimais le contact clientèle, je ne reçois presque plus personne, sous prétexte que mes résultats ne sont pas aussi satisfaisants que ceux de mon voisin. C'est ce que m'a sorti monsieur Serinot l'autre jour : « Je vous ai mis dans le bureau d'à-côté, observez-le, vous allez apprendre les ficelles du métier ! »

Ne t'inquiète pas, boss, je vais l'observer… pas pour en prendre de la graine, au contraire ! Pour révéler à tous que ce type est une véritable supercherie… Je l'aurai un jour, je l'aurai, je vous le dis !

Le soir, il part à l'heure mais pas trop, juste ce qu'il faut pour être bien vu (« Je ne vais pas rester uniquement pour faire acte de présence, Aymeric, tu comprends, je termine ce dossier pour débloquer la situation de monsieur Langlois »), sans faire languir sa petite famille qui l'attend sagement à la maison (« C'est la fête de l'école de ma fille, je ne voudrais pas manquer son spectacle ! »). De toute façon, quoi qu'il fasse, tout le monde l'encense. Ma femme dit que je lui donne trop d'importance. Elle ne l'a vu qu'une fois à une soirée du boulot et elle ose me dire ça. Si ça se trouve, elle a aussi cédé à son charme.

Ça y est, je le tiens ! Stéphane fricote avec une cliente, j'en suis sûr ! L'autre jour, bizarrement, il est resté plus tard que d'habitude. Quand j'ai toqué à son bureau pour le prévenir que je m'en allais, et qu'il devait se charger de mettre l'alarme, il m'a semblé nerveux… et surtout pressé que je déguerpisse.

— Oui, oui, t'inquiète, Aymeric, je sais comment ça marche ! Bonne soirée ! À demain ! a-t-il insisté en se levant pour me tenir la porte. Je te laisse, j'ai un rendez-vous qui arrive.

Je n'ai pas eu le temps de m'en étonner. C'est à ce moment qu'elle est apparue, regardant à travers la vitre de la porte d'entrée de l'agence si quelqu'un l'attendait bien à l'intérieur. Je ne l'avais pas remarquée, j'en ai profité pour lui ouvrir.

— Merci ! m'a-t-elle répondu d'une voix engageante en se glissant dans le sas.

Une jolie petite brune, dans nos âges, le regard espiègle et pétillant. Elle portait une jupe légère avec un haut fleuri dont le décolleté était caché par la large bandoulière de son sac à main. Stéphane m'a poussé vers la sortie. Tout sourire, il l'a fait entrer jusqu'à son bureau en l'accompagnant d'une main dans le dos dont elle ne s'est pas offusquée. Au contraire, j'ai cru percevoir un regard complice entre eux. Avant de refermer, Stéphane a jeté un coup d'œil dans ma direction, pour s'assurer que j'étais bien parti. Serait-ce donc possible qu'il se passe quelque chose entre lui et cette fille ? Mais quoi ? Je devais en avoir le cœur net.

Le lendemain, j'ai embauché dès potron-minet pour consulter son agenda, posé sur son bureau. Évidemment, aucune trace dudit rendez-vous tardif de la veille. Alors comment percer ce mystère et connaître l'identité de sa dulcinée ? C'est là que le destin m'a mis sur la voie, ou la voix, c'est tout comme. Le téléphone a sonné, et forcément, c'est moi qui ai répondu :

— Banque Générale, agence Gambetta, en quoi puis-je vous aider ?

— J'aurais voulu parler à Stéphane… euh… monsieur Lebeau, s'il vous plait.

C'était elle. Un mot, la veille, avait suffi pour que je reconnaisse sa voix. Elle l'appellerait donc par son petit prénom ?

— Je suis désolé, il n'est pas encore arrivé. Je peux prendre un message ? De la part… ?

— Ah… Euh, non, et bien… J'essaierai de rappeler plus tard, pas de problème. Il sera là ? Au revoir, monsieur !

Polie mais pressée, la demoiselle… Réaction bizarre, ça cache vraiment quelque chose. À l'arrivée de Stéphane, le mystère s'est épaissi : quand je lui ai dit que son rendez-vous d'hier avait essayé de le joindre, et qu'elle retenterait certainement dans la matinée, il a été gêné et est parti s'enfermer dans son bureau. J'ai entendu à travers la cloison qu'il passait des coups de fil, mais sans succès. Une heure plus tard, alors qu'il était à la machine à café, nouveau coup de fil, dans le vide. Ça bascule sur mon poste dans ce cas-là. J'ai reconnu le numéro : encore elle. J'allais décrocher quand Stéphane a surgi dans son bureau pour intercepter l'appel. Dans la précipitation, il a laissé la porte ouverte.

— Allô Karine ? Oui, c'est moi, désolé, je n'étais pas dispo tout à l'heure. Tu vas bien ? Oui… Ouii… Ah… Ahh… Attends… Deux secondes…

Je n'ai pas pu en entendre plus, il a refermé juste devant moi, qui passais, innocemment. Il m'a tout de même jeté un regard suspicieux, suivi d'un sourire crispé. Le sourire de la honte, oui ! De l'adultère, j'en suis certain maintenant ! Il la tutoie, l'appelle aussi par son prénom, semble très proche d'elle, et cache leurs conversations à son collègue préféré… Moi ! Ah !

J'étais sur le point d'aller en référer au directeur (draguer une cliente, ça ne se fait pas, monsieur Lebeau-Pas-Si-Parfait !), quand je me suis repassé le cours des événements. Bon, je me suis peut-être un peu emballé. Mon envie de le démasquer a sûrement été plus forte que mes capacités d'enquêteur… Une intime conviction, ça ne suffit pas, mon expérience des séries policières que je dévore en streaming tous les soirs me le confirme. Je vais avoir besoin de preuves !

À voir comment ça se déroule pour le moment, je n'ai qu'une chose à faire. Attendre.

Ma patience n'a pas eu besoin d'être mise à rude épreuve. Le matin suivant, alors que j'étais de corvée de mails, comme d'habitude, c'est sur un plateau que LA preuve est arrivée, irréfutable. Par écrit. Je n'en croyais pas mes yeux.

« *Stéphane,*

Demain, mon conjoint sera là à notre rendez-vous, alors pas de gaffe. »

J'ai lu et relu le message, incrédule. Pas de signature. Elle s'est donc hâtée d'écrire, avec la peur d'être découverte. Il fallait faire vite, prévenir son amant du drame qui allait se jouer, que celui-ci se prépare à ne pas être trop entreprenant, qu'il ne fasse pas de « gaffe » ! Si ça, ce n'était pas la preuve que j'attendais, je ne m'appelle plus Aymeric !

Toute la journée, j'ai jubilé, savouré le moment, un onglet constamment ouvert sur ce mail accablant. J'ai fomenté mon plan pour ridiculiser Stéphane et révéler à tous le pot aux roses : monsieur Serinot, les autres collègues, et bien évidemment le cocu. J'ai même hésité à convier l'air de rien madame Lebeau, mais je ne suis pas si mesquin. On ne sait jamais, si elle a besoin de réconfort…

J'ai tout préparé pour le lendemain. Ce sera théâtral, spectaculaire… et profondément humiliant. Pour Stéphane, car pour moi, ce sera évidemment jouissif. Je vous parais peut-être minable et mes réactions complètement disproportionnées, mais je l'ai dit, je ne crois pas à la perfection, et je mettrai toute mon énergie à le démontrer. Alors maintenant que j'en ai la preuve, je ne vais surtout pas me priver.

Le Jour J est arrivé. Stéphane aussi, dans son habituel rituel matinal de séduction, tout sourire et mielleux à souhait. *Mon coco, tu ne paies rien pour attendre.* J'ai été à l'affût toute la journée, jusqu'à 17 heures, quand elle est entrée. La fameuse Karine, au bras d'un grand costaud type rugbyman, accueillis chaleureusement par un Stéphane très pro. Il a tout de même osé un clin d'œil discret à la fille, sûrement pour lui signifier qu'il avait bien reçu le message et qu'il se tiendrait à carreau. J'imaginais déjà sa petite gueule abîmée par la droite qu'il allait prendre du mari trompé, quand j'allais débouler dans le bureau pour tout balancer.

Je les ai laissés s'enfermer pour le fameux rendez-vous. J'entendais un murmure à travers la cloison, surtout la voix de Stéphane. Il devait dérouler son discours bien rodé. J'ai attendu un peu et je me suis levé, solennel, le mail imprimé en gros sur une feuille, et j'ai toqué à la porte. Après le "Oui ?" d'usage, j'ai fait une entrée digne d'un acteur de théâtre, spécialisé vaudeville, ambiance "Ciel ! Mon mari !". J'ai brandi le A4, côté texte, et j'ai scandé :

— « Mon conjoint sera là à notre rendez-vous, alors pas de gaffe. » Stéphane, tu m'expliques ?

Il a joué l'ahuri, elle aussi. Le molosse, lui, m'a regardé d'un air de dire « C'est qui ce guignol ? » J'ai insisté, fier de mon effet :

— Alors ?

Karine a semblé franchement gênée, à la limite de pleurer. Stéphane, lui, très énervé, tout à coup. Il s'est levé, m'a chopé au col et emmené jusque dans le couloir, à l'abri du regard du couple, figé dans la surprise et l'incompréhension.

— Mais t'es malade ? Qu'est-ce qui te prend ?

— Tu crois que j'ai pas compris ton petit jeu avec cette nana ? C'est quoi ce mail qu'elle t'envoie ? Je suis pas con, j'ai saisi l'idée…

— Alors tu vois, cette nana, comme tu dis, c'est une copine de ma sœur, et ça fait des mois qu'elle prépare une surprise pour son mec, ici présent. Surprise qui nécessitait quelques préparatifs budgétaires qu'on a évalués ensemble depuis plusieurs semaines. Donc le « pas de gaffe », c'était justement pour ne pas gâcher tout ça. Ce que tu viens de faire. Bravo…

Pendant deux secondes, je me suis demandé s'il se moquait de moi. Et puis j'ai compris le double-sens du message de Karine, et tout le quiproquo dans lequel je me suis fourvoyé et enfoncé tête baissée. Si j'avais réussi à prouver quelque chose, c'est que j'étais au moins aussi crétin que Stéphane était, lui, innocent.

Et si parfaitement parfait.

Il m'a ramené dans le bureau, que dis-je, traîné. Et tandis que je serrais la main du molosse pour m'excuser de la méprise, j'aurais juré voir un échange de regards entre

Karine et Stéphane. Elle qui soufflait, la bouche en cœur, un « ouf ! » de soulagement, et lui qui lui a lancé un regard entendu. J'imaginais déjà le dialogue derrière cette communication non-verbale :

— *On a eu chaud, mon amour…*

— *T'inquiète, je gère !*

Anne VIEL

Curieuse de décrypter les ressorts qui sous-tendent nos relations humaines, Anne Viel vous emmène avec légèreté dans des histoires dont vous pourriez bien être le personnage principal. Si elle signe ici ses premières nouvelles, elle a dans ses valises à la fois des projets de romans et d'illustrations d'albums pour enfants.

Instagram : @anne.viel_auteure

Le déménagement

Par Anne Viel

Paul serrait contre lui la petite miniature en bois. Elle n'était pas plus grosse que la paume de sa main, mais essayez un peu, vous, de tenir un avion, si petit soit-il, tout en portant des cartons !

Durant le trajet, il l'avait gardée ainsi près de lui, passant en revue un à un les détails des décorations qu'il avait fini par connaître par cœur. Les couleurs vives des motifs peints à la main attiraient son attention, l'aidant à oublier, ne serait-ce qu'un instant, le tumulte qui se tramait autour de lui.

Il passa ses doigts sur les courbes des ailes et sur les empennages à l'arrière du modèle réduit. Fermant les yeux, il s'imagina naviguer dans le ciel à son bord. Ces manœuvres inspiraient en lui une sensation de sécurité et de confort.

À chaque fois que le regard inquisiteur de sa mère s'était posé sur lui, il avait agrippé son avion un peu plus fort encore, jusqu'à en avoir des marques sur la peau. C'était le seul moyen qu'il avait trouvé pour parvenir à contenir ses larmes. Pourquoi était-ce si difficile ? À croire que nos chagrins s'intensifient lorsqu'on essaie de les dissimuler à ceux que l'on aime. Lutter contre ses émotions négatives, en faisant semblant d'aller bien, les avait au contraire renforcées. Peut-être lui aurait-il fallu se laisser porter et lâcher prise, à l'instar d'un planeur qui choisit de suivre les courants plutôt que de tenter de rivaliser avec le vent ?

Toute sa vie avait été rangée dans des cartons. Toute, sauf ce petit jouet. C'était si compliqué à neuf ans de mettre son existence en boîte. On lui avait affirmé que ce serait une chance de repartir de zéro, qu'il devait faire confiance à ses parents. Ils avaient trouvé une meilleure école, une plus grande chambre... Comme si c'étaient les seules choses qui comptaient. Pour un peu, on lui aurait vanté que dans sa nouvelle ville, le ciel serait plus bleu et les pains au chocolat, meilleurs ! Ce qu'il laissait derrière lui, personne n'en avait fait cas.

Sa première rencontre avec sa nouvelle maison avait été brutale. Abrupte comme la marche du perron contre laquelle son front cogna lorsqu'il trébucha. Rêche comme le sol contre lequel l'aile de son avion se brisa. Dure comme les mots de son père le sommant de se relever. S'il n'avait pas eu les yeux embrumés, il l'aurait vu, ce caillou sur son chemin.

Il resta là, recroquevillé. Il n'avait pas mal à la tempe, non, mais à son petit cœur, et si profondément.

Ses parents ne comprenaient pas pourquoi il pleurait tant à cause d'un petit avion cassé. S'il leur avait parlé de Louis plus tôt, s'il leur avait dit combien son ami était important à ses yeux, alors, ils auraient su. Alors, ils auraient compris que cette vive émotion qui sortait soudain était celle qui lui tenait compagnie depuis des jours, depuis que lui avait été annoncé leur départ prochain. Ses parents pensaient avoir trouvé les mots justes, mais à ceux de leur petit garçon, ils n'avaient fait aucune place, trop occupés qu'ils étaient à en fabriquer de plus jolis pour lui faire avaler qu'un déménagement, c'était chouette.

Comment exprimer, quand on a à peine neuf ans, ce qu'on ressent, alors qu'on ne comprend pas soi-même ce qui se passe en nous ? Paul avait juste senti ce déchirement qui ne l'avait plus quitté. Et là, subitement, la tempête qui grondait en lui depuis des jours s'était levée. Il ne pouvait plus la stopper, il n'essayait même plus, à vrai dire.

Son père dut se rendre à l'évidence : la machine à laver et le sofa allaient rester encore un moment dehors, malgré le temps menaçant. L'urgence était de réparer l'aile cassée d'un modèle réduit d'avion.

— Tu n'es pas si triste à cause de ce jouet, n'est-ce pas ?

— Non.

— Non ?

Doucement, Paul leva enfin les yeux.

Les phrases qui suivirent, il les dit sans réfléchir, d'une traite, comme on retire un pansement :

— Pourquoi faut-il perdre quelque chose pour réaliser à quel point on y tient ? Mon ami Louis m'avait prévenu. Maintenant qu'il est loin, il n'y aura plus personne pour me dire qu'on a le droit de faire des bêtises de temps en temps. Il était là quand j'ai eu zéro en maths, il m'a expliqué que si les parents voulaient que leurs enfants aient des bonnes notes, c'était pour se consoler de toutes celles qu'ils n'avaient pas réussi à obtenir dans leur jeunesse. Il m'a dit, aussi, quand j'ai cassé le vase, que les grandes personnes ne pensent pas vraiment toutes les méchancetés qu'elles disent lorsqu'elles sont en colère.

Paul vit l'effet de cette tirade sur le visage de ses parents. S'arrêter là risquait de faire disparaître ce moment de vérité. Tout ce qu'il avait cadenassé au fond de lui devait sortir.

— Qui me dira combien ceux qui se moquent de moi sont vides, puisqu'ils ont besoin de faire rire les autres à mes dépens pour se sentir aimés ? Qui m'apprendra que ma meilleure arme contre leurs moqueries, c'est d'avoir confiance en moi ?

Il avait prononcé cette dernière phrase en sanglotant, ce qui la rendait presque inaudible.

Ses parents le dévisageaient. C'était un peu comme s'ils le redécouvraient. Depuis qu'il avait passé l'âge de faire des caprices pour des détails insignifiants, comme le fait que les carottes soient coupées en rondelles au lieu d'être râpées, il avait été un garçon facile à vivre, toujours le sourire aux lèvres, se conformant à ce qu'on attendait de lui. Ils réalisèrent que, trop absorbés par leurs préoccupations d'adultes, ils n'avaient pas suffisamment prêté attention aux difficultés que leur fils avait dû traverser seul. Au milieu de cette solitude, il y avait eu ce Louis, qu'ils ne connaissaient même pas.

Sa mère serra Paul dans ses bras.

— Je suis tellement désolée, j'aurais dû être plus présente pour toi, avec tous ces cartons à faire et mon travail, je ne suis pas aussi disponible que je le voudrais. Quand je le rencontrerai, ton ami, la première chose que je lui dirai sera « merci » de t'avoir si bien écouté quand je n'ai pas su le faire.

Paul lui rendit son étreinte, la consolant à son tour :

— Ne t'en fais pas, ce n'est pas parce que tu n'es pas tout le temps présente que tu n'es pas la meilleure des mamans.

En recollant l'aile de l'avion miniature, le père de Paul se remémora les changements auxquels il avait été confronté dans son enfance. Lui aussi avait dû faire face à ces renouvellements auxquels la vie nous oblige. Il avait été, il y a longtemps, ce petit garçon embarqué malgré lui dans un avion sans repères. Tout comme le petit jouet, il devait accepter que son fils portait désormais une cicatrice et qu'il lui faudrait du temps pour se réconcilier avec cette nouvelle vie qu'on lui imposait.

Cependant, ni la mère ni le père de Paul ne savaient réellement à quel point le lien entre leur fils et son ami Louis était spécial. Depuis ce fameux jeudi où il avait oublié d'emporter sa clé, Paul avait pris l'habitude de retrouver Louis en secret chaque semaine, tandis que sa mère faisait du yoga et que son père animait sa « réunion d'avancement de projet hebdomadaire ». Pendant vingt-cinq minutes, alors que ses parents pensaient qu'il les attendait sagement à la maison, ils refaisaient le monde, partageaient des secrets et des bonbons, mais surtout tissaient un lien qui ne se briserait jamais, celui que seuls des souvenirs et des rires partagés peuvent faire naître. Qu'il s'agisse d'une blague amusante ou d'une catastrophe existentielle, Louis était la personne à qui Paul pouvait vraiment tout raconter. Il avait été celui qui l'avait aidé à relativiser les choses, à comprendre que dans la vie, rien n'est complètement tout noir ou tout blanc, qu'on peut toujours choisir de regarder les choses sous un angle différent. À Louis, qui disait en riant que si Dark Vador avait eu un véritable ami, la guerre des étoiles n'aurait jamais eu lieu, Paul avait pu confier ses côtés sombres.

Un regard plein de compassion accompagnant son geste, son père lui tendit la main pour l'aider à se relever. Il lui demanda s'il voulait monter le meuble de l'entrée avec lui... dès qu'il aurait remis la main sur cette maudite boîte verte.

La boîte à tournevis...

— Je l'ai prêtée à Monsieur Ronchon, lui avoua Paul. Il m'a dit qu'il vous la rendrait bientôt.

— Monsieur Ronchon ? Ma belle boîte ?

Les parents de Paul n'aimaient pas du tout leur ancien voisin. Il le savait. Tout le monde le savait. Même Monsieur Ronchon le savait.

— Paul, pourquoi as-tu fait ça ? demanda sa mère.

— Parce qu'il me l'a demandé, s'énerva-t-il. C'est vraiment si important, des tournevis ?

— On ne les reverra JA-MAIS, dit-elle, en insistant sur les deux dernières syllabes, je suis même prête à parier ce que tu voudras !

— Même qu'on l'invite à Disneyland avec nous le mois prochain ? répondit Paul du tac au tac.

Elle éclata alors d'un rire incontrôlable. Un de ces fous rires qui vous prennent subitement, sans crier gare, et qui sont souvent un moyen de relâcher la pression accumulée. Elle semblait ne plus pouvoir s'arrêter. Paul l'observa tenter de reprendre son souffle, se tenant les côtes, et il ne put s'empêcher de sourire à son tour. À choisir, il préférait cette maman-là que celle qui le considérait, quelques minutes plus tôt, avec tant d'inquiétude. S'imaginer l'idée de Monsieur Ronchon, qui était pour elle l'exemple même d'un homme austère, dans un parc d'attractions, avait dû lui sembler tellement absurde.

Il faut dire que leur première rencontre avec cet ancien voisin, ses parents la lui avaient contée cent fois : le jour de leur arrivée dans leur ancienne résidence, ironie du sort, c'était précisément un tournevis qu'ils étaient allés lui quémander. Ils étaient revenus en rouspétant qu'il portait bien son nom et qu'il ne fallait pas qu'il vienne leur demander quoi que ce soit à l'avenir. Des bonjours à peine polis, voilà ce qu'ils avaient consenti à partager avec lui après ce jour-là. Notre cerveau cherche toujours à confirmer une première impression, bonne ou mauvaise, et ce premier échange houleux n'avait laissé à leur voisin aucune chance.

— Tu sais Paul, lui confia son père, nous ne sommes pas en très bons termes avec lui.

— Il paraît qu'il va déménager lui aussi, dit sa mère, qui avait retrouvé son calme, hors de question de lui courir après pour quelques outils, qu'il les garde, où qu'il aille ! Allons plutôt trouver un voisin sympa qui, lui, acceptera de nous en prêter.

Elle tendit à son fils son imperméable. Un vent froid d'automne s'était soudain levé. Le temps ne voulait pas non plus leur faire un accueil chaleureux dans leur nouvelle demeure.

En face de chez eux, il y avait une toute petite maison que Paul trouva bien plus rigolote que la leur. Le perron était protégé par un auvent en bois blanc. Sur la droite, il y avait un petit banc avec un coussin beige, parfait pour s'asseoir et profiter de la vue sur la rue. Au-dessus de la porte, un carillon agrémenté d'un avion très semblable au sien tintait au gré du vent. Paul était fasciné par la façon dont il tanguait, produisant un son cristallin à chaque mouvement.

Un homme aux cheveux gris leur ouvrit, une boîte verte dans les mains.

— Vous en avez mis du temps !

— Louis ! Louis ! s'écria Paul en se jetant dans ses bras. Louis, j'ai cassé l'avion que tu m'avais fabriqué. Papa lui a recollé l'aile.

— Ça le rend encore plus précieux alors !

Il fallut bien une minute aux parents de Paul pour que les pièces du puzzle se mettent en place, une minute pour comprendre que cet ami qui manquait tant à Paul n'était pas le camarade d'école qu'ils s'étaient imaginé, et que Monsieur Ronchon était bien différent de l'image qu'ils s'étaient faite de lui. Ils l'écoutèrent leur décrire combien il s'était attaché à Paul et comment tous les deux s'étaient apprivoisés. Il leur avoua qu'il s'était battu en secret, réactivant son réseau d'ancien agent immobilier pour qu'ils demeurent voisins. Sa rencontre avec le petit garçon avait été l'un des plus beaux cadeaux que la vie lui ait faits et il voulait continuer à le regarder grandir. Plusieurs fois, il avait tenté de leur en parler, mais il avait senti combien ses paroles auraient été perçues par eux comme une remise en cause, une ingérence dans leurs fonctions de parents.

— Pourquoi tu ne m'as pas dit que tu venais habiter ici ? demanda Paul.

— J'attendais d'en être sûr, Capitaine, je n'ai eu les clefs que ce matin !

La mère de Paul eut un mouvement de recul, mais en observant le sourire de son fils et les regards complices que ces deux-là échangeaient, elle se rappela sa promesse.

— Merci monsieur Ronchon d'avoir si bien écouté Paul quand moi je n'ai pas su le faire.

— Appelez-moi Louis.

Le père de Paul rit et se contenta d'ajouter :

— Louis, vous aimez Disneyland ?

Yoan H. Padines

Yoan H. Padines est un écrivain de l'imaginaire : il écrit depuis 2005, dans tous les genres de l'Imaginaire : nouvelles de science-fiction, fantastiques ou de light fantasy, mais aussi six romans (bientôt sept !). Il espère transmettre au lecteur, par ses écrits, le plaisir du rêve et de l'aventure. Bonne lecture !

Le beau blond

Par Yoan H. Padines

Je suis complètement addict.

Je ferais n'importe quoi pour avoir ma dose. **IL** le sait, et c'est pourquoi je n'ai plus accès à la chambre. Je suis punie. Faut-il que je l'aime pour supporter ces outrages ; ce matin, avant de partir, **IL** m'a enfermée dans le cellier et m'a ordonné de ne pas en bouger. Mais je suis addict. Je ne peux pas repousser la tentation, la pulsion est trop forte. Alors, j'appuie sur la poignée de la porte et entrouvre celle-ci. Je me glisse dans la cuisine. L'extérieur, irrésistible, m'appelle. J'abaisse le loquet de la baie vitrée, la fait coulisser sur son rail, et un souffle d'air me caresse. Mon petit cœur bat la chamade.

Enfin libre.

Je file et au moment où je passe le portail, la voisine me voit et m'interpelle. Je l'ignore et galope en direction d'une maison un peu plus loin, celle de mon amant. Il est beau. Il est grand. Il est costaud. J'adore sa toison abondante et dorée. Je ferais n'importe quoi pour le retrouver.

L'air de rien, je suis vieille, et j'ai découvert la *chose* vraiment tard, à l'automne de ma vie, avec un petit jeune du voisinage. Il m'a révélé le plaisir de… l'intimité. Pourtant, il n'était pas franchement beau, plutôt laid même. Mais il m'a offert un moment merveilleux… jusqu'à ce qu'**IL** nous trouve, serrés l'un contre l'autre sous le saule pleureur. **IL** est devenu comme fou et a fait très peur à mon jeune amant. Celui-ci s'est sauvé sans demander son reste, la queue entre les jambes. Je ne l'ai jamais revu dans le quartier. Toutefois, c'était trop tard, le mal était fait. J'avais goûté à la *chose*, j'ai adoré *ça*, et depuis, il me faut ma dose. Je suis totalement addict.

Aujourd'hui, je suis d'autant plus en manque que la nuit, toute affection m'est interdite. **IL** refuse que je le rejoigne dans la chambre, pièce d'où je suis bannie. Tous les soirs, **IL** me condamne à dormir dans le cellier, et malgré mes pleurs, jamais **IL** n'a craqué, jamais **IL** n'est venu me rechercher. Alors, c'est avec une explosion de joie dans mes entrailles que je retrouve enfin mon compagnon, mon beau blond solide comme une pierre. Aussitôt, nous nous sauvons dans les bois.

L'insouciance nous baigne, nous profitons de notre liberté et de la nature, assouvissons nos envies et nous immergeons dans l'instant présent. La vie est magnifique. Quand nous rentrons chez mon amant, la porte est grande ouverte et nous nous vautrons sur le canapé, collés l'un à l'autre. J'aimerais que ce moment dure pour l'éternité… Mais cela ne plaît pas du tout à sa famille. Ils se mettent à crier dès qu'ils arrivent dans le salon, ils menacent de me frapper. Chassée comme une malpropre, je m'enfuis sans demander mon reste. Rendue sur la route, je m'arrête un instant et me tourne vers la maison. Mon bel amant, derrière la fenêtre, me regarde, les yeux larmoyants. Je suis triste, mais ne m'attarde pas, de peur de me prendre une « rouste ». Je rentre chez moi et m'assois sur la terrasse en attendant qu'**IL** arrive.

Quand je vois sa voiture se garer sur le parking, l'angoisse me submerge, des palpitations me tordent les entrailles. Je suis dehors, alors qu'**IL** m'avait enfermée dans le cellier. Pire, je crains que nos voisins ne **L**'aient prévenu de ma conduite déplorable, de mon comportement de traînée du quartier. J'ai si peur qu'**IL** me passe une soufflante. Étonnamment, ce n'est pas le cas. **IL** me dit « salut, ma belle » avec surprise et rentre dans la maison. **IL** observe la baie vitrée, puis la porte du cellier et garde le silence ; je fais comme si de rien n'était. Je profite de l'occasion pour me coller à lui. **IL** me câline, je suis heureuse. J'ai vraiment passé une excellente journée. Au moment de se coucher, je tente le tout pour le tout et le suis dans la chambre. Peine perdue. **IL** m'en bloque l'accès et me ramène au cellier qu'il referme en même temps que son cœur. En moi, quelque chose se déchire, je suis malheureuse, je pleure, je gémis et finis par m'endormir noyée dans ma tristesse.

Le lendemain matin, **IL** part travailler et m'abandonne une nouvelle fois dans ce cellier exigu avec l'ordre de ne pas en sortir. Cette fois, je ne perds pas de temps : j'ouvre la porte puis la baie vitrée et me sauve. La voisine m'appelle de nouveau et me crie de rentrer. Je l'ignore. Mon beau blond m'attend avec impatience devant son garage, il est magnifique ! J'ai hâte d'assouvir mes pulsions et lui aussi : incapables de nous retenir, nous cédons à nos envies dans le jardin où sa famille nous trouve dans une posture gênante. Ils nous hurlent dessus, nous engueulent, nous nous faisons tout petits. Ils finissent par me chasser avec menaces de « coups de pied au cul ». Je m'enfuis, à peine rassasiée et erre dans la campagne environnante, seule et triste. En fin d'après-midi, je retrouve la quiétude de ma maison et m'assois sur la terrasse avant qu'**IL** n'arrive.

Ce soir, je ne suis pas inquiète quant à une éventuelle punition. Je devrais. Lorsqu'il me voit, **IL** fronce les sourcils et mon sang se fige. **IL** a sa tête des mauvais jours, celle qui annonce une soufflante. **IL** opère un tour de cuisine, observe la baie vitrée puis la porte du cellier. Je fais comme si de rien n'était. Du fond du cœur, j'espère que si je crois suffisamment fort que tout ira bien, je serai exaucée. **IL** ne dit rien, je n'ai pas le droit à un câlin, je le sens agacé, mais si on en reste là, je suis contente. Le soir, avant de me coucher, je tente une nouvelle incursion dans la chambre. **IL** me crie dessus et me renvoie dans le cellier. J'entends un clic, ça me surprend, mais je n'en saurai pas plus pour l'instant.

Au matin, **IL** part travailler. Aussitôt, j'essaie d'ouvrir la porte de ma prison. Incroyable : je n'y parviens pas. **IL** l'a fermée à clé, j'en reste tétanisée. En moi, les hormones s'affolent, mon palpitant aussi. Mon beau blond m'attend, que pensera-t-il si je ne viens pas ? Je ne veux pas le décevoir, et puis, il me faut ma dose, je suis totalement addict. Je tourne en rond dans ce cellier minuscule, entre un chauffe-eau, une cave à vin et un congélateur buffet. Je vrille, je deviens folle. Je passe déjà mes nuits ici, je ne peux pas envisager d'y passer aussi mes journées. Ce n'est pas une vie. Je pleure et me demande pourquoi **IL** me déteste ainsi… Pourtant, je l'aime, moi. Et mon bel amant qui m'attend, à quelques centaines de mètres… Je dois réagir.

Je secoue la porte, rien n'y fait. Je décide d'attaquer la cloison. Je me dis que si je parviens à creuser un trou, je pourrai passer de l'autre côté et rejoindre la chambre… De là, je pourrai atteindre la cuisine, ouvrir la baie vitrée et recouvrer ma liberté. Je ne ménage pas ma peine. La poussière de plâtre envahit le cellier, j'en ai partout, j'en avale même. Pas grave. Je veux ma dose. Les rails en métal se dévoilent, ainsi que la laine de verre. C'est horrible. Haletante, je prends une pause. J'entends alors sa voiture. J'étais tellement focalisée sur mon objectif que je n'ai pas vu passer le temps. **IL** rentre du travail et je réalise qu'**IL** ne va pas être content. Je m'écrase dans le coin, terrorisée. Sa clé pénètre la serrure de la porte du garage. Celle-ci pivote. **IL** entre et s'immobilise, caché par l'ouvrant. J'entends un sifflement… Puis c'est le déchaînement. Ce n'est pas une soufflante, mais une tempête. Un ouragan, même. Et si je regrette mon comportement, une partie de moi hurle : « il me faut ma dose ! ». Si c'était à refaire, je recommencerais.

IL m'enferme alors dans le cellier, tremblante et insignifiante, et m'y délaisse. Quand **IL** revient, des heures ou des années plus tard, il ne m'adresse pas la parole. Je reste prostrée dans mon coin. Après le repas, **IL** m'emprisonne pour la nuit, comme d'habitude. Ce n'est que le lendemain que je comprends pourquoi **IL** est reparti la veille. Une cage. Il a acheté une cage aux barreaux en métal, plastifiés de noir. Je suis terrifiée. **IL** me tire, je me débats, mais **IL** est tellement plus fort que moi. Le verrou se ferme dans un fracas assourdissant, ma liberté s'envole, je pleure. **IL** m'abandonne là, haletante, désespérée.

Non. Je ne peux pas me laisser abattre. Mon beau blond m'attend et la tentation bouillonne en moi. Je me redresse autant que la cage me le permet. Elle est de mauvaise qualité, les barreaux sont fins et soudés sans soin. Avec méthode, je les attaque… Je suis déterminée, tant et si bien qu'enfin, je parviens à m'en échapper. Deuxième étape : les placoplâtres. Je recommence là où je m'étais arrêtée la veille, j'atteins la cloison côté cuisine, mais j'ai bien du mal à trouver une prise. Je n'y arrive pas, la frustration me brûle de l'intérieur. J'attaque l'autre pan de mur, mais tombe très vite sur des parpaings. Impossible de passer. Le manque me laisse tremblante, mes os sont douloureux. À force de me battre contre le métal et le plâtre, j'ai semé des gouttes de sang partout. Je ne sais plus quoi faire et dans ma rage destructrice, je me jette sur le congélateur. Je le défonce, en arrache le bloc électrique, ça grésille, je me prends une châtaigne. Elle ne calme pas mes ardeurs pour autant.

Soudain, j'entends sa voiture et d'un coup, je retrouve mes esprits. Horrifiée, je contemple le désastre de ce champ de bataille. Je m'en désole, mon cœur saigne, mais je n'ai pas pu m'en empêcher.

***

Hier, j'étais contrarié comme pas possible. Déjà que les voisins ne cessent de se plaindre qu'elle s'incruste chez eux, sans-gêne, mais après avoir découvert l'état du cellier… Je n'en ai pas dormi de la nuit. Du coup, j'ai eu une journée difficile au boulot et je suis rincé ! Au moins, de l'intérieur de sa cage, elle ne pourra pas faire de connerie. Cela me fait mal de devoir l'enfermer à dix ans passés… Si je le pouvais, je l'emmènerais partout avec moi, mais c'est juste pas possible. Je ne sais pas quoi faire d'elle et j'en souffre, sûrement autant qu'elle.

Qu'est-ce que je regrette que ce bâtard du voisinage soit venu jusque chez moi pour la saillir ! Avant, elle ne faisait jamais de bêtise. Depuis ce jour, elle est insupportable, collante comme c'est pas permis, comme si cela avait activé à retardement un puissant trouble de séparation d'avec sa mère. Sans compter qu'en mon absence, elle cherche sans cesse à fuguer pour rejoindre ses copains.

Je glisse ma clé dans la serrure et pousse la porte… Je reste comme un con, en bug complet. L'air est saturé de poussière de plâtre, le carrelage est constellé de poudre blanche, de débris de laine de verre, de plastique, de bois et de bouts de métal. Le bloc électrique du congélateur – mort, avec tout son contenu noyé – gît au milieu de ces ruines, à côté de la cage éventrée. Je cherche la coupable du regard et la trouve dans le coin, tremblante, la langue pendante, les babines ensanglantées. Je sens une bouffée de haine mêlée de colère à son égard, brûlante comme elle ne peut l'être qu'envers un être cher qui nous déçoit profondément.

— Végane ! hurlé-je.

J'aime ma chienne labrador, mais en cet instant, j'éprouve une folle envie de meurtre.

***

J'ai gagné. **IL** m'emmène partout. Lorsqu'**IL** part travailler, je saute dans la voiture et enfin, je suis bien, apaisée. J'ai mon panier à son bureau, et quand **IL** va en clientèle, j'ai mon coussin dans le coffre, avec de l'eau et des croquettes. J'y suis bien, car je sais qu'**IL** n'est pas loin et qu'**IL** viendra me câliner aussitôt qu'**IL** aura fini. C'est son terrier, mais aussi le mien.

J'ai vaincu l'addiction.

J'ai gagné.

Cette histoire est véridique. Végane – surnommée Houdini – était capable d'ouvrir les portes et les baies vitrées, un peu à la façon des raptors, et en générant à peine moins de dégâts (heureusement, elle ne mangeait pas les gens !). Elle nous a accompagnés pendant quatorze ans, avant de s'éteindre en janvier 2019. Elle aurait kiffé la période COVID…

PHIL

L'écriture n'était pas une évidence, elle est venue dans la vie de Phil pour lui offrir le moyen de libérer des colères, des passions, des folies qu'il mettait en sourdine pour ne pas effrayer les grands enfants autour de lui. Aimer la folie de la vie, aimer les personnages aux facettes aussi brillantes et sombres que les nuits de pleine lune, voilà ce qui le pousse à écrire. Dans l'espoir qu'un jour prochain, ces curieux humains qu'il décrit, aux mille nuances de gris, sortent de leur atelier d'encre et de papier pour prendre vie dans vos esprits !

La gueule ouverte

Par Phil

« L'imagination continuera d'être, d'ici longtemps, la plus puissante réalité qu'il y ait dans la vie des hommes. »
Jules Barbey d'Aurevilly

Quelle grisaille ce matin ! Heureusement, la pluie s'est arrêtée.

Me voilà enfin rentrée. Je désespérais de passer la matinée dehors.

L'odeur du pain de Marc embaume la cour de l'immeuble. C'est tellement doux et chaud comme parfum.

Je préfère de loin être ici, à l'abri, parce que dehors c'est triste et les rares passants que nous avons croisés jusque-là nous ont délaissées comme à leur habitude.

Je suis de nouveau seule avec la voisine. Je m'ennuie. Nous sommes semblables mais tellement différentes, et finalement ça nous va de vivre ainsi, proches, sans être vraiment des amies.

Elle ne s'intéresse à rien ! Alors que moi, je suis

toujours attentive, peu importe l'heure de la journée.

Ici, en bas de l'immeuble, sous le porche près de la grande porte cochère, j'ai mon espace et tout le monde doit passer devant pour aller et venir.

Justement, voici le plus beau couple de l'immeuble qui sort. Manon et Julien. Les inséparables. Artistes engagés, jeunes et talentueux, ils semblent aimés de tous. Ils organisent régulièrement des soirées où se mêlent artistes, amis et voisins. Je les ai souvent entendus parler devant cette même porte à des journalistes ou des curieux qui voulaient connaître le secret de leur succès. Et leur dire que sans le confinement et l'arrêt des activités artistiques, ils n'auraient jamais songé à investir le théâtre Olympe de Gouges à Montauban et y réaliser une performance unique en son genre. Ils avaient bravé la loi et les interdictions. Et gagné leur place dans la cour des grands.

Vous vous demandez comment je sais tout ça !

C'est simple : j'écoute les gens, moi !

Bam…

Ils viennent de laisser claquer la porte. Dans ce monde tellement dématérialisé, les humains ne prennent plus la peine de respecter les objets qui les entourent.

De là où je suis, absolument rien ne peut m'échapper. J'observe tout, je vois tout, j'enregistre tout.

Tiens ! Voilà la belle Anna qui s'en va ! Elle est joyeuse malgré le temps. Elle en profite pour me glisser un petit sac.

— Merci ! dis-je, de ma voix si discrète.

Je ne m'y ferai jamais à cette voix.

— De rien, répond-elle un peu gênée avant de tourner les talons.

Cette jeune femme est vraiment touchante. Combien de fois est-elle venue sous ce porche pour s'isoler ? Je ne sais plus, mais j'étais là chaque fois, silencieuse, à l'écoute. J'ai encore en mémoire le premier jour où elle est descendue de chez elle pour déverser sa détresse et sa douleur à côté de moi.

Les policiers venaient tout juste de partir. Ils avaient rendu visite à Anna et à son père pour leur apprendre l'accident tragique de sa mère et sa petite sœur. Je me souviens de cette jeune fille tremblante, fragile, pleurant toutes les larmes de son corps, effondrée contre le battant massif de la porte. Je n'avais su dire qu'un seul mot.

— Triste.

Elle s'était tournée vers moi, muette, presque apeurée, puis avait pris la fuite.

Quelle étrange émotion cela peut-il être que de ressentir au fond de soi l'arrachement soudain aux personnes que l'on aime ? Quand en un instant, elles ne deviennent plus que des souvenirs, des images volées au passé et qu'on ne peut revoir qu'en se projetant en arrière dans nos vies.

La vie, qu'est-ce donc, après tout ?

Plus j'avance, moins je comprends.

Je regarde Anna ouvrir le petit battant de la grande porte cochère et le tirer lourdement avec son sac sur le dos. Ce matin, elle semble tout bonnement rayonnante. Et je crois que je sais ce que c'est ! Mais chut, c'est une histoire de magie que je ne vous révélerai pas ici.

Re… Bam…

Voyez ce qu'ils lui font à cette pauvre porte. Aucun d'eux n'imaginerait se faire pousser, tirer, claquer, que sais-je encore ?

Il y a tellement d'histoires cachées derrière une porte…

La preuve ?

Laissez-moi vous parler de Karine, une autre artiste. Elle, c'est la violoniste mondialement connue de la résidence. Qu'on le veuille ou non, on est bien loti. Elle joue parfois pendant les soirées de Manon et Julien, c'est toujours impressionnant. On dirait qu'elle improvise constamment. Mais Karine, c'est aussi, à 25 ans, une femme à plein temps. Et parfois, les histoires de femmes sont aussi des histoires de plaisir.

Pour être tout à fait honnête, j'ai effectivement vu des choses que je n'aurais pas dû.

Quoi ? Vous croyez que c'est drôle, cette vie-là, à attendre dans l'ombre et observer ceux qui, la plupart du temps, ne prennent même pas la peine de me regarder ? Je demeure invisible, mais tellement indispensable à leur confort.

Elle était drôlement belle, Karine, ce soir-là. Je l'avais vue quitter les lieux, habillée de sa robe noire à volants en tulle. Les bretelles fines descendaient jusqu'à un corsage largement échancré sur sa poitrine et mis en valeur par un boléro transparent et un magnifique collier long en obsidienne. Sa belle chevelure châtain ondulait. Elle courait, volait presque sur ses hauts talons, laissant apercevoir des jambes parfaitement dessinées. Son parfum plana longtemps dans l'espace après le claquement de la porte. Un son subtil, empreint de la douceur d'une main féminine.

À son retour, les fragrances de son corps étaient mélangées à celles plus fortes de celui qui la tenait par la main. À peine avaient-ils passé l'encablure que leur désir contenu vola en éclats. Le claquement de la porte lança les hostilités. Il attrapa sa belle par la taille, fit glisser ses mains le long de l'étoffe jusqu'à ses hanches. Les deux amants s'embrassèrent puis l'homme la saisit plus fermement, la soulevant du sol. Au moment où elle s'agrippa à son cou pour…

— Hum hum…

Les deux amoureux s'arrêtèrent net.

— Tu as entendu ? demanda l'homme

Au même instant la lumière s'éclaira dans un des appartements du 1er. C'était Tom, le beau gosse de 20 ans, qui devait surveiller l'arrivée de son coup de cœur. La jalousie d'un voisin, vous y croyez ? Je sais que lui aussi en pince pour Karine, je le vois.

Déçus de cette interruption ?

Vous en vouliez encore ?

Mais où est la limite ? Reste-t-il un peu de place à l'intimité de nos jours ?

La curiosité, le voyeurisme, l'ingérence, l'ordre et la morale du « faites ce que je dis mais surtout pas ce que je fais en douce et en cachette ». Ne me la faites pas à moi, vous qui regardez tout ce qui passe maintenant sur les réseaux sociaux… Vous êtes tellement connectés qu'il est facile de tout savoir de vous.

Moi qui vois tout, qui entends tout, je peux nourrir votre curiosité, et je me demande même si on ne m'a pas installée là uniquement pour ça : vous raconter des histoires de voisinage !

Et si je vous en racontais une que peu de personnes connaissent ?

C'est une histoire de confiné qui a mal tourné.

Je me souviens très bien d'Éric, une « ordure » de premier plan. Le tombeur de ces dames à la chevelure poivre et sel qui allait et venait au gré de ses conquêtes. Il avait ici sa petite garçonnière au dernier étage. Certains soirs, je voyais les lumières scintiller à travers les fenêtres du chien assis lorsqu'il n'était pas seul et que la nuit se poursuivrait sans lendemain.

Un matin, je l'ai vu avec une sale gueule. Lorsqu'il s'est approché de moi, il portait un petit sac de sport à la main. Je l'ai scanné du regard et à cet instant, sans m'y attendre, j'ai ressenti un choc dont je me serais bien volontiers passée. J'ai vu la fin, tout simplement. J'ai vu le vide, la solitude, la douleur d'un échec que l'on ne vit qu'à travers un événement insurmontable. Je comprends mieux maintenant que je prends la peine d'étudier tout ce petit monde chargé d'émotions. À cette époque, j'étais incapable de saisir les secrets humains enfouis en chacun de vous.

Ce matin-là, alors que le monde dormait encore, j'attendais — en veille, comme j'ai l'habitude de le dire à ma voisine qui ne comprend jamais rien — et je l'ai vu sortir.

Le président venait d'annoncer que le pays allait être confiné. Alors que le monde entier s'apprêtait à s'enfermer, Éric semblait convaincu de partir, son sac en main. Son visage était sombre et triste, mais déterminé. Au moment de passer la porte, il a balancé ses clés devant moi, comme ça, au milieu du grand porche. Était-ce la fin d'une histoire ?

Pas eu le temps de dire un mot. La porte se refermait derrière lui une dernière fois. Il n'est jamais revenu. Un jour par contre, un homme tiré à quatre épingles, probablement un huissier, est venu visiter son petit studio, puis il est reparti. Ce fut ensuite au tour d'une très belle femme au visage passablement vieilli par les larmes. Elle sentait la fleur de jasmin et la vanille — les odeurs rythment ma vie, c'est ainsi.

Le bruit de ses talons résonnait dans la cour jusqu'à ce qu'elle atteigne le dernier étage. Ensuite, ce fut le silence. Mais je forçai l'écoute et compris que cette épouse malheureuse venait de perdre et en même temps de rencontrer son infidèle de mari. Plus tard, j'entendis une voisine dire que notre homme avait été retrouvé mort dans une ferme abandonnée du Périgord. Il avait eu une attaque en dormant. On avait seulement retrouvé un livre écrit de sa main — publié après sa mort sous le titre *La Tunique* — et une page avait été arrachée, laissant deux mots posés sur la table pour qui voudrait bien les lire et les écouter : AMOR FATI. L'amour du destin. Lui seul sait quel fut le sien.

Étrange destinée.

Peut-être pas aussi étrange que celle de Marc, mon ami le boulanger. Un homme mûr aux mains de géant. Un taiseux, un solitaire qu'on regarde du coin de l'œil. Cet individu à la carrure d'athlète et au visage buriné par les années difficiles semble indifférent à tout.

Qu'est-ce qu'il fait ici ?

Peut-être qu'il se cache ou qu'il cache un passé douloureux. Une histoire de tolérance face à la brutalité de l'existence. Il habite au premier, à côté de chez Tom. Je crois qu'il écrit, car le soir, à la lumière d'une lampe de bureau, sa silhouette assise se dessine en ombres chinoises derrière les voilages de la fenêtre. Parfois il se rend à la fenêtre voisine, une cigarette et un verre de whisky à la main. Dans la nuit, il sort. Et revient. Les lumières se rallument alors jusqu'au petit matin car certains jours, comme aujourd'hui, il ouvre la fenêtre pour poser sur une tablette quelques gros pains ronds, bien chauds et dont l'odeur envahit notre belle cour.

Le voilà qui descend justement.

Il porte certainement un de ses pains chez Julie. Elle habite juste en face. Pourquoi toujours pour elle ? Jamais rien pour moi. Enfin rien… Rien d'aussi bon et goûteux en tout cas !

La voilà qui ouvre toute souriante. Elle le regarde en silence.

Il ne dit pas grand-chose, Marc, et la femme en face de lui est toujours très intimidée par sa présence charismatique. Les deux se font des politesses maladroites. À vrai dire, surtout elle.

— Belle journée à vous Marc ! Votre pain est toujours excellent, le meilleur de la ville ! Vous devriez le vendre, s'exclame-t-elle toute seule.

Le regard de Marc s'illumine un peu, il semble touché par les paroles mais il s'interdit de répondre et entamer une discussion. Habituellement, c'est à ce moment qu'il la salue avec douceur et s'en va, mais aujourd'hui, étonnamment, Marc prend la parole :

— À tout hasard, madame Guillauteau…

— Julie ! coupe-t-elle, rougissante.

— Pardon. Julie… Puis-je vous poser une question ?

Je suis aux aguets, silencieuse comme une fourmi. J'attends qu'il se passe quelque chose. Pourtant, il se retourne et vient vers moi. Il me regarde. Je me doute de la raison de ce rapprochement en voyant ce qu'il tient dans sa main.

— Bien sûr ! dit-elle surprise et légèrement plus excitée par cette question qu'elle ne l'aurait dû.

Alors que je sens la main de Marc me saisir, il se tourne de nouveau vers elle.

— Dites-moi, vous pensez quoi de cette poubelle connectée qu'on nous a installée ? Ça fait un moment maintenant. Mais plus le temps passe, plus il me semble qu'elle nous écoute, nous épie. Elle me perturbe avec ses voyants clignotants. On dit que c'est un système autonome, connecté, et doté d'une intelligence artificielle. En plus, elle parle. Tout ça pour soi-disant améliorer la gestion de nos déchets domestiques.

Marc ne fait pas attention et laisse le couvercle relevé.

— Merci. Pensez à refermer le couvercle s'il vous plait, dis-je d'une voix monocorde.

Ça ne vous fait vraiment rien de me laisser la gueule ouverte ?

— Vous entendez ça ? dit-il en le laissant retomber.

Et Bam…

Mais faites attention à la fin ! C'est pas possible. Personne ne me respecte. Suis-je à ce point insignifiante ? Inexistante ? Je me sens tellement seule avec l'autre là, la voisine du recyclage qui ne comprend jamais rien à ce qui se passe.

Julie reprend, enjouée :

— La semaine prochaine, ils nous mettent enfin les

mêmes pour le recyclable.

Marc jette un regard interrogateur à côté de moi.

Adieu, vieille branche ! lui dis-je intérieurement.

Bizarre… Je ressens quelque chose d'étrange. Un drôle de sentiment.

Vous savez ce que c'est, vous ?

Manuela DALLA PALMA

Professeur d'anglais et globe-trotter, Manuela Dalla Palma a toujours été une amoureuse des mots. Dévoreuse de livres, elle prend aussi plaisir à explorer sa créativité et écrit des poèmes, des pièces de théâtre pour les adolescents qu'elle dirige, ou encore des nouvelles dont les univers dystopiques sont souvent sombres et poétiques.

Le mystère de l'homme en tweed

Par Manuela Dalla Palma

Perpignan : jugé pour excès de vitesse, un marabout affirme être possédé par l'esprit de Schumacher…

Quand ta journée débute avec un fait divers de ce genre à la radio, c'est un signe. Je me lève d'un bond. En réalité, il me faut plusieurs bonds (et rebonds) pour quitter mon lit, mais hors de question d'être en retard car aujourd'hui, je vais à Paris pour un entretien qui pourrait faire décoller ma carrière. J'en suis persuadée : ce poste de chef de projet événementiel à Londres, il est pour moi.

Un verre de jus d'orange, un bol de céréales, un tonneau d'optimisme et un soupçon de mascara plus tard, je quitte mon appartement lillois.

Perchée sur des escarpins vertigineux, je cours sur le quai et embarque juste à temps. Je suis à bord du train, plus rien ne peut m'arriver désormais. Je vérifie le numéro de siège sur mon billet et m'assois à la place indiquée. Comme il fait déjà très chaud en cette fin de matinée estivale, je m'évente avec un livre. Toujours avoir un livre avec soi, les fonctions en sont illimitées. Sur le fauteuil d'à côté, quelqu'un a laissé sa veste, une belle pièce en tweed bien coupée. Je m'adonne alors à mon jeu préféré dans les transports en commun : imaginer son propriétaire. D'après la taille, c'est un individu assez grand. Mais diantre, qui porte encore du tweed de nos jours ? Il s'agit sûrement d'un homme d'âge mûr, ce qui expliquerait ce choix vestimentaire un peu désuet. Ou bien c'est un jeune cadre dynamique qui, inspiré par ses héros de séries, se prend pour Sherlock Holmes. Je visualise un visage à la mâchoire carrée, une barbe de quelques jours et des yeux gris rieurs. Tant que c'est un voisin discret, je m'en accommoderai, et s'il est charmant, ce sera la cerise sur le kebab.

J'observe les voyageurs que je vais côtoyer pendant le trajet. Derrière moi, une famille s'est installée et étale ses affaires ainsi que sa vie privée. On les croirait sortis d'une sitcom américaine. L'homme a visiblement tout misé sur sa musculature soulignée par un tee-shirt blanc très près du corps. Il ne cesse de déplacer les valises dans le wagon, exhibant ses bras bodybuildés d'une manière presque indécente. Si ça continue, il va faire des tractions en s'accrochant aux porte-bagages placés en hauteur. Il parle peu mais fort, ce qui n'est pas le cas de sa femme qui semble issue d'un casting de téléréalité : tenue aux couleurs éclaboussantes, robe une taille en dessous, cheveux peroxydés et neurones portés disparus. Chaque phrase qu'elle prononce contient une erreur de conjugaison ou de syntaxe. Si Bernard Pivot (ou tout amoureux de la langue française) était là, il aurait déjà fait une crise cardiaque ou serait prostré sous un siège, serrant un Bescherelle contre lui. Leurs deux enfants ne dépareillent pas : un adolescent inexpressif collé à sa console et une petite fille qui tire la langue à tous les voyageurs. Le combo parfait ! Si Sherlock Holmes débarque, j'espère qu'il les fera taire.

Alors que je décide de me plonger dans mon livre (à défaut d'une piscine), mon mystérieux voisin fait son apparition. Il porte un pantalon en tweed assorti à la veste restée sur le siège. Il me sourit en s'asseyant et me salue avec un net accent étranger. J'aurais dû m'en douter : seuls les Britanniques portent encore des costumes en tweed. Il est effectivement grand, la quarantaine charmante, des cheveux bruns ébouriffés qui contrastent avec son visage rasé de près. Un homme qui prend soin de lui mais laisse l'indiscipline régner sur sa tête. Étrange. Je me dis que sa chevelure et sa barbe forment une sorte d'oxymore. Oui, j'aime les figures de style, au point que j'ai pensé que ça pouvait être un TOC ou une pathologie. D'ailleurs, mon ex me l'avait reproché et n'avait guère apprécié la dernière comparaison qui avait ponctué mon discours d'adieu. Ceci dit, il n'aimait pas lire, ça aurait dû éveiller mes soupçons.

Notre train part à l'heure, chose assez rare pour le souligner. Je commence ma lecture mais dois rapidement l'interrompre : le stress de mon entretien et les ronflements de mon voisin (soudainement beaucoup moins distingué) m'empêchent de me concentrer. Je songe alors à mon rendez-vous : j'ai posé ma candidature pour un poste à l'étranger, celui qui pourrait changer ma vie et me faire oublier le dernier loser qui m'a brisé le cœur. Je relis l'annonce avec attention : *chef de projet événementiel… bon niveau d'anglais indispensable… capacités rédactionnelles… aisance relationnelle… adaptation… autonomie…* Tout mon portrait !

Tandis que le train s'approche de l'aéroport Charles-de-Gaulle, il s'arrête brutalement dans un tunnel. Je me dis que ça ressemble au début d'un mauvais film avec des terroristes ou des zombies, voire les deux… Une petite musique précède un discours rassurant. Quinze minutes passent. De nouveau, la mélodie résonne puis une voix un peu hésitante annonce :

— *Suite à un incendie en gare du Nord, ce train est à l'arrêt pour une durée indéterminée.*

Génial ! Pile le jour où il fallait ! J'ai l'intuition qu'on risque d'y fêter Noël et commence à envisager les pires scénarios.

Mon voisin britannique se réveille dans la pagaille et, ne comprenant pas les annonces, me demande ce qui se passe. Il a l'air perplexe et détendu à la fois. Il m'explique qu'il a un rendez-vous important en début d'après-midi. Je lui traduis alors les messages précédents et lui fais comprendre que son planning est compromis.

Une heure s'écoule péniblement. Pour répondre aux signaux de détresse de mon estomac, j'attaque mon pique-nique. De nouveau, une mélodie jouée au pipeau, suivie d'un message peu optimiste :

— *Nous sommes bloqués pour une durée indéterminée. Merci de rester à bord du train.*

Devant moi, une famille espagnole perd patience : les enfants affamés s'agitent, d'autant plus qu'il n'y a pas de service de restauration à bord. Comme la faim me tenaille toujours, j'entreprends d'attaquer mon stock de barres de céréales. Le petit garçon espagnol, qui a glissé sa tête entre les fauteuils pour m'espionner, me fixe intensément. C'est mort, bonhomme, je ne partage pas ma bouffe !

Tout à coup, mon voisin se lève, en quête de wifi pour consulter ses mails. Je lui explique qu'il est peu probable que cela fonctionne et qu'il a autant de chance de trouver du réseau dans un tunnel que de l'altruisme dans une réunion de dirigeants de Monsanto. Je lui prête alors mon portable et, tandis que nous sympathisons, j'apprends qu'il s'appelle Chris, habite en Angleterre et qu'il travaille avec des artistes. Il n'en dit pas plus, sans doute pour conserver son aura mystérieuse, mais, après un ultime coup d'œil sur sa chevelure indomptée, je décide qu'il est peintre.

Depuis notre arrêt, une heure et demie s'est passée. Résumons : alors que j'ai un rendez-vous professionnel important auquel je n'arriverai probablement jamais, je suis bloquée dans un tunnel avec un peintre britannique, une famille d'Ibères hystériques et le casting (bruyant) d'une série américaine derrière moi. J'ai épuisé mon stock de nourriture et de patience. Bref, tout va bien.

Après deux heures d'attente dans les entrailles de la Terre, nouvelle putain de musique qui me met les nerfs, puis annonce éructée par l'agent visiblement au bout du rouleau :

— *Notre train va être redirigé en gare d'Austerlitz.*

Ben voyons ! Et pourquoi pas un détour à Waterloo, histoire de bien se marrer ! Non seulement on va arriver à destination avec deux heures trente de retard, mais en plus, dans la mauvaise gare ! Le message est rapidement suivi d'un autre :

— *Nous nous excusons pour la gêne occasionnée. Un dédommagement en bons d'achat vous sera envoyé par email.*

Alors là, c'est surtout d'un week-end en thalasso dont j'aurais besoin ! J'explique à mon voisin que nous allons recevoir un bon d'achat qui nous permettra d'acheter un billet pour monter à bord d'un autre train probablement en retard. Il rit. Pas moi.

Le train redémarre enfin, suscitant une vague d'espoir, avant de faire de nouveau une halte à la gare du Pont de Flandre, replongeant les voyageurs dans une détresse abyssale. Encore cette musique à la con suivie de la voix de l'agent résigné, tel un gourou annonçant la fin du monde imminente :

— *Euh… Là, on n'est pas en mesure de vous dire quand le train va repartir… On vous conseille de vous diriger vers le* RER…

Je pense d'abord à Zazie : « Zen, restons zen… » puis à Johnny : « Allumeeeer le feeeeu ! » Bref, c'est un chaos musical dans ma tête.

Notre prison s'ouvre. Ni une, ni deux : je prends mon sac à main, mon ordinateur et mon peintre britannique, puis je descends du wagon maudit. Tandis que je marche d'un pas assuré sur le quai, un agent qui semble sous cocaïne se met à gesticuler de manière saccadée, genre Louis de Funès. Soudainement, il siffle le départ de notre train (censé être bloqué) comme s'il annonçait la fin d'un match de Coupe du Monde. Mouvement de panique. Je cours et me jette dans le premier wagon à ma portée, suivie de mon voisin toujours impassible dans son costume en tweed impeccablement repassé. L'agent nous hurle dessus et je le gratifie d'une flopée de mots fleuris alors que les portes se referment. Mon acolyte me demande le contenu de notre joute verbale. Comme je me vois mal lui traduire les grossièretés qui viennent d'être échangées, je lui réponds que nous avons déclamé des vers de poésie, histoire d'entretenir la réputation romantique des Français. Incroyablement calme, encastré entre deux vélos et le popotin imposant d'une dame voluptueuse, il se met à rire. Incroyablement énervée, je l'imite. Il me dit qu'il ne pensait pas vivre une telle aventure. Et moi donc !

Le train maudit arrive enfin en gare d'Austerlitz où une panique indescriptible règne et des centaines d'usagers assemblés en un Tetris géant tentent d'avancer. On nous offre des bouteilles d'eau. À ce stade, il m'aurait fallu un litre de vodka. Je fends la foule telle une furie. Le peintre me suit tant bien que mal dans mon allitération. Comme il est quatorze heures trente et que je suis déterminée à me rendre à mon rendez-vous professionnel malgré tout, je réserve un taxi en ligne. Il se trouve que mon nouvel ami doit se rendre dans le même quartier, aussi je lui propose de venir avec moi et lui offre la course de taxi. Ravi, il répète le mot « amazing » une bonne vingtaine de fois. Je repense alors à tous ces inconnus qui m'ont aidée lors de mes périples autour du monde, et je me dis que je leur dois bien ça, sans compter qu'il faut redorer le blason des Français dont le capital sympathie avoisine souvent le néant. Et encore, c'est un euphémisme !

J'arrive à destination, étonnamment calme étant donné la situation. Je salue notre chauffeur de taxi neurasthénique. Mon nouvel ami me donne ses coordonnées et me sort une phrase sur le karma, digne d'un film de Woody Allen. S'ensuit une accolade sincère, puis nos chemins se séparent. J'active le GPS de mon portable et constate que mon mystérieux ami a disparu quand je relève les yeux. Je souris et me concentre sur l'itinéraire que je dois emprunter. J'entame alors une course effrénée, refusant de renoncer à cet entretien pour lequel je suis venue, même si je m'attends clairement à trouver une porte fermée et mes espoirs réduits en miettes. Au pire, je les donnerai aux pigeons.

J'arrive à l'entrée d'un beau bâtiment de style haussmannien. La porte est entrouverte, je la pousse et entre tandis qu'elle laisse s'échapper une plainte. J'y vois un signe de compassion à mon égard. Je distingue un bureau au fond du couloir. La porte n'est pas fermée mais je frappe par politesse. Personne. D'un regard, j'analyse les lieux : tout est bien rangé, un beau stylo plume trône sur le bureau, ainsi qu'une tasse de thé dont l'odeur embaume la pièce. Le dossier de la chaise est couvert d'une belle veste en tweed. Décidément, à croire que c'est une nouvelle mode ! Tout à coup, une voix me salue avec un net accent étranger. Je me retourne : le mystérieux homme en tweed est là ! Que fait-il ici ? Soit il est encore perdu et pense que je suis guide, soit c'est un pervers qui m'a suivie jusque-là. D'où me vient cette faculté à tendre la main à tous les sociopathes des alentours ?

L'homme me sourit et coupe court à mes suppositions :

— Chris Walker, directeur d'Oz Productions.

Stupeur. Je reste pétrifiée comme dans une partie d'un, deux, trois, soleil. Et si j'attendais qu'il tourne le dos pour m'enfuir en courant ?

— Navré, il n'y aura pas d'entretien.

Un flot de pensées me submerge. J'ai envie de pleurer. Je dois me ressaisir.

— Je suis vraiment désolée, monsieur Walker. Je… Je ne sais pas quoi dire… J'aimerais que nous puissions échanger car je suis sûre d'avoir les qualités requises pour ce poste…

— Oh mais je n'en doute pas ! Ces quelques heures passées avec vous dans ce train ont été bien plus instructives qu'un entretien classique. Vous n'êtes peut-être pas ponctuelle, cependant votre niveau d'anglais est excellent, vous savez vous adapter et gérer les imprévus, vous êtes organisée, serviable, polie la plupart du temps, et surtout : très déterminée. Bienvenue chez Oz Productions.

Et c'est ainsi qu'une veste en tweed a changé ma vie.

Hervé MANOHA

Le style d'écriture d'Hervé Manoha se caractérise par sa sincérité et sa réalité. Il s'efforce de créer une connexion authentique avec ses lecteurs en partageant ses expériences.

Nouvelle vie

Par Hervé Manoha

Eh bien, voilà, cela aurait pu être un vendredi ordinaire, mais c'était loin d'être le cas. Je me retrouvai au milieu d'un étang, avec des bottes aux pieds, tentant de rejoindre mon voisin.

Avant d'en arriver là, je vivais à Paris depuis quinze ans avec mes deux amours, Laurie et notre fille Elyse. Nous occupions un appartement de soixante mètres carrés au cinquième et dernier étage d'un petit immeuble haussmannien. Dans un quartier très vivant, avec beaucoup de commerçants et restaurants. Nous l'avions acheté alors, puis entièrement restauré et remis à notre goût avec l'aide d'artisans et une poignée d'amis. C'était une période vraiment sympa, nous avions des projets plein la tête.

Ce qui peut paraître très étrange, c'est qu'au final nous ne connaissions réellement pas grand monde dans l'immeuble. Même si nous faisions partie des plus anciens, aucune amitié n'avait pu naître avec les voisins durant toutes ces années. Certains locataires avaient changé, d'autres s'étaient séparés. Mais les échanges avaient toujours été limités. Ils se réduisaient le plus souvent à un bonjour le matin ou le soir selon l'heure de nos rencontres dans la cage d'escalier. Quelle tristesse ! Je pense que beaucoup de personnes se reconnaîtront dans ce genre de situation.

Je m'appelle Laurent, informaticien de métier, spécialisé dans le développement d'applications comptables. Laurie, ma femme, est contrôleuse de gestion et manipule les chiffres en experte.

Le rythme que nous avions à cette époque était tout à fait acceptable, ou plutôt supportable, même si cela nécessitait beaucoup d'organisation dans notre quotidien. Les trajets pour se rendre au travail étaient longs, en moyenne 1h30 compte tenu du monde et des nombreux incidents présents sur les lignes de RER. À cela, il fallait ajouter quelques déplacements professionnels qui venaient parfois surcharger nos semaines.

Ce rythme « normal », nous l'avions pourtant adopté et supporté jusqu'à cette incroyable année 2020 où l'on avait découvert le confinement. Même s'il y avait eu des applaudissements aux fenêtres, de la musique, des chants, cela n'avait pas forcément contribué à plus d'échanges ou de rapprochements avec les voisins de l'immeuble. C'est cette dernière période qui nous avait fait prendre conscience que notre vie était devenue étrangement folle. Même si d'habitude la ville était pleine de monde, même si les rames de métro étaient bondées, nous avions toujours le sentiment d'être seuls. La COVID n'avait finalement fait qu'accélérer notre choix et notre volonté de changer d'environnement pour nous lancer dans un projet de vie bien différent. Nous aspirions à autre chose, un rythme quotidien moins stressant, un habitat plus naturel, des voisins plus sympas, un air plus pur…

Tout cela nous avait donc décidés à déménager en Ardèche du Sud, à la limite des Cévennes. Cette Ardèche n'était pas tout à fait sauvage et restait encore relativement préservée des touristes que l'on pouvait rencontrer dans d'autres secteurs comme Vallon Pont d'Arc.

Ne rigolez pas, nous avions découvert ce département en regardant quelques émissions à la télévision, bien au chaud dans notre canapé parisien.

Ce fut alors une évidence, notre futur paradis était là. Tous les critères que nous recherchions étaient réunis : la nature, le calme, les montagnes, les rivières, de vraies valeurs. Le secteur ciblé pour nos recherches avait été très vite déterminé. Le point de chute serait dans les environs d'un charmant village qui s'appelle Joyeuse. Même le nom était prometteur.

Notre quête commença en automne, et nous avions rapidement été confrontés à la triste réalité de nos campagnes. La plupart de ces villages se vidaient de leurs occupants en cette période de l'année et les volets des maisons se rouvraient seulement au mois de juin pour la période estivale, plus touristique. Cela avait un peu compliqué nos recherches, mais au final, nous avions eu beaucoup de chance de trouver cette parcelle de terrain magnifiquement située dans un joli hameau surplombant la rivière, le tout en lisière de pinède. Ce serait donc un terrain à construire plutôt qu'une maison de pays.

Notre lieu-dit « Les Bancs » était un regroupement de petites maisons. Il en restait encore quelques-unes occupées à l'année, et ça, c'était formidable.

Très vite, la plupart des voisins s'étaient présentés. Même si, au début ils venaient par curiosité, nous nous étions très vite intégrés. Quand nous leur avions décrit notre projet, la construction d'une maison avec des murs en paille, ils avaient souri. Je pense qu'au pays des maisons traditionnelles en pierre, ils nous avaient pris pour des fous.

Laissez-moi vous présenter nos nouveaux voisins.

Stéphane et Robert, les plus proches, étaient deux célibataires qui vivaient encore avec leur mère. Ils exploitaient quelques parcelles de terre dans les environs et produisaient des légumes et des céréales. La première fois que j'étais entré dans leur maison, j'avais eu l'impression que le temps s'était arrêté. Comme si j'avais carrément changé d'époque. La salle du bas était encore en terre battue, une grande table trônait au centre à côté d'un vieux fourneau qui leur servait à la fois de chauffage et de cuisson. Le seul objet moderne que l'on pouvait y observer, c'était la télévision. Laurie les trouvait décalés. Peut-être à cause de leurs tenues singulières et parfaitement identiques : un béret noir assorti à leurs bleus de travail. Pour ne rien arranger, ils se déplaçaient toujours par deux. Impossible d'en voir un sans voir apparaître l'autre. Ils étaient drôles, les frères célibataires.

Pour notre construction, je m'étais naturellement tourné vers eux pour acheter les bottes de paille nécessaires à l'isolation des murs. Ils m'avaient reçu au printemps, autour de la table de la cuisine pour discuter de la quantité et du prix. Sur le moment, je les avais trouvés un peu stressés, même si les négociations s'étaient bien déroulées.

Pendant que nous discutions, plusieurs personnes, dont certaines que nous connaissions de vue, traversaient silencieusement l'espace. Leurs visages étaient marqués, elles se dirigeaient lentement vers la chambre voisine avant d'en revenir, muettes. Le poids de leurs émotions était palpable, chaque pas chargé d'un fardeau invisible, et l'atmosphère devenait de plus en plus lourde à mesure que les allées et venues se répétaient. Les regards perdus dans le vide, ces personnes semblaient exprimer une souffrance profonde, insaisissable. Je dois vous avouer que j'avais trouvé ça étonnant, mais je n'ai rien osé dire. Ce n'est qu'à la fin, au moment de quitter la maison, qu'ils m'avaient annoncé que Germaine, leur maman, était décédée la nuit précédente. Toutes ces gens venaient ainsi la veiller dans la chambre. Quand j'ai raconté cette histoire à Laurie, elle est restée médusée, figée sur place, comme pétrifiée par cette scène insolite. Même aujourd'hui, des années plus tard, nous ne pouvons nous empêcher d'en reparler avec étonnement et quelques rires nerveux.

Albert, le voisin au bout de la ruelle, était connu dans tous les villages du coin. C'était l'ancien plombier du secteur et il savait tout à propos de tout le monde. À chaque fois qu'il nous invitait chez lui, il passait des heures à nous raconter les histoires de chaque famille de la région.

Ingrid, une Allemande arrivée en France dans les années 1970, était notre voisine la plus isolée. Sa maison se trouvait un peu plus bas en pleine forêt. Ingrid, c'était notre artiste du hameau. Elle bricolait, peignait et rêvait beaucoup. C'était une tornade de bonheur et d'optimisme.

La dernière maison occupée était la ferme d'Isabelle et

Michel, une magnifique bâtisse. Elle montrait plusieurs signes de fatigue, mais surplombait encore majestueusement l'étang des « Bancs ». Dans leur ferme, ils élevaient des vaches et des chèvres, on y trouvait aussi quelques chats et chiens qui venaient se faire caresser de temps en temps quand ils nous voyaient sur le chantier. Deux ânes se trouvaient également à proximité des chemins et faisaient le bonheur des enfants et des promeneurs.

Isabelle et Michel produisaient leurs propres fromages et les vendaient sur les marchés locaux. Je dois vous avouer qu'ils étaient excellents.

Laurie, Elyse et moi étions d'avis qu'Isabelle était plus ouverte et d'un commerce bien plus agréable que son mari. Avis sans doute partagé par d'autres, car c'était uniquement elle qui se chargeait de vendre leurs produits du terroir sur les marchés trois fois par semaine.

Michel était un véritable passionné d'animaux, mais son caractère réservé, voire sauvage, le rendait peu engageant à nos yeux. Jusqu'à ce fameux matin, nous ne le trouvions pas particulièrement agréable. Cependant, le destin allait jouer son rôle et changer notre regard sur lui.

C'était un vendredi, jour de marché. Je venais d'arriver sur le chantier et me retrouvai face à Michel complètement paniqué et épuisé. Ce qui était encore plus improbable, c'est qu'il était recouvert de boue. « Laurent ! Laurent ! », dit-il après avoir repris son souffle. Il m'expliqua rapidement qu'une vache s'était échappée de l'étable, cette nuit-là. Elle devait y mettre bas mais il l'avait retrouvée embourbée dans l'étang. Seul, il ne parvenait pas à extraire le veau. Il avait donc besoin d'aide et en ce jour de marché,

Isabelle était partie vendre des fromages à Joyeuse.

Nous voilà partis vers la ferme pour effectuer le sauvetage. Les chiens faisaient partie de l'aventure. Ils nous accompagnèrent jusqu'à la maison pour que je récupère une paire de bottes. Michel était déjà en train de s'affairer autour de l'animal qui était effectivement complètement englué dans la boue à une trentaine de mètres du bord. L'approche fut laborieuse, car même s'il n'y avait pas d'eau, le sol devenait de plus en plus mou. Arrivé à hauteur de Michel, j'avais de la boue jusqu'à mi-cuisse. Après avoir étendu une bâche à l'arrière de la vache, Michel commença son intervention. C'est à ce moment-là que le travail démarra. Quelques secondes plus tard, la tête et les deux pattes avant apparurent. Tout se passa très vite ensuite. Il me demanda de tirer le veau et de l'accompagner doucement hors du ventre de sa mère. Quel soulagement quand il fut complètement éjecté. Il était vivant ! Michel l'entoura avec la bâche plastique et le transporta à bout de bras jusqu'à la grange pour le mettre en sécurité. Quand il revint vers nous au milieu de l'étang, la vache sembla elle aussi plus encline à bouger. Son extraction nous prit encore une demi-heure, mais elle réussit à rejoindre le bord. Michel la lava rapidement au jet d'eau avant de l'emmener dans la grange auprès de son petit veau. Il les recouvrit de paille pour qu'ils restent au chaud.

C'est à ce moment précis que j'ai croisé le regard de Michel, empli d'étoiles, débordant de joie et de reconnaissance. J'y distinguai même quelques larmes trahissant sa profonde émotion.

Quand j'y repense... Quelques mois plus tôt nous étions à Paris, dans notre appartement, entourés de monde et pourtant si seuls. Tout avait tellement changé depuis cette décision. Nous étions enfin heureux dans notre nouvelle vie.

David DIEZ

David Diez, auteur ardennais, formé aux masterclasses de Bernard Werber, Éric-Emmanuel Schmitt et Cécile Duquenne, a très vite voulu voler de ses propres ailes. Il a trouvé, grâce aux Auteurs Masqués, sa première possibilité de publication sous forme de nouvelles. Après s'être essayé à l'autoédition de son roman, *Pourquoi m'as-tu oublié ?*, il publie sa série littéraire *L'innocence assassinée*, suivis du quatre-mains *D'ombres et de chair*, coécrit avec Cristina De Azevedo, chez Évasion Editions.
Facebook : @david.diez.auteur
Instagram : @daviddiez08

Parti en fumée

Par David Diez

Le brouillard recouvrait la ville. La Meuse disparaissait dans ce coton malodorant. Roger enjolivait comme il le pouvait les choses de son quotidien, mais cela ne le faisait même plus sourire. La brume, composée de nicotine, n'obscurcissait que l'appartement qu'il habitait.

Le vieil homme écrasa son mégot avant de ressortir une cigarette. Il la plaça d'un geste robotisé et tremblant entre ses lèvres, l'alluma, puis aspira une bouffée de ce poison.

Une toux le prit et il dut se concentrer pour réussir à reprendre son souffle. La grande faucheuse lui refusait le droit de mourir, et pour lui signifier son mécontentement, Roger tira deux fois sur sa clope.

S'il avait appartenu à une autre génération, le papy aurait sûrement tendu son majeur en l'air, mais il était de celle, respectueuse et patiente, qui savait attendre son heure sans grogner… ou si peu !

Dix ans ! Dix ans aujourd'hui que l'amour de sa vie s'était envolé pour un paradis qui ne lui était pas destiné. Lui, le fumeur invétéré à la santé de fer, avait dû enterrer son épouse, Rose, décédée d'un cancer des poumons alors qu'elle n'avait jamais fumé de toute son existence.

Saloperie de maladie.

Chienne de vie.

Depuis, le vieillard traînait sa rancœur de son lit à son canapé, ses mains errant de son tube de drogue autorisée à la télécommande de la télévision, où ses yeux suivaient sans attrait les émissions habituelles. Son unique réconfort… la présence de ses voisins.

Les jeunes amoureux et leur fille Emma, arrivés un peu avant le décès de Rose, s'étaient entichés du couple de septuagénaires comme s'ils appartenaient à la même famille. Emma adopta bien vite Rose et Roger. Elle ne loupait pas sa visite quotidienne aux « anciens » de l'immeuble et continua à venir voir Roger lorsqu'il se retrouva seul.

La sonnette de l'entrée retentit et le vieil homme ne réagit pas. La porte s'ouvrirait sans qu'il ait besoin de crier et cela se passa comme à l'accoutumée.

— Bonjour papy. Tu es en forme aujourd'hui ?

— Oui, ma grande. Et toi ?

L'adolescente déposa des sacs de provisions bien chargés et se jeta au cou du vieillard. Celui-ci se mit à râler tout en ne parvenant pas à s'empêcher de rire.

— Attention à ne pas rompre mes vertèbres, sale gamine.

— Je ne suis pas assez forte pour ça.

— Vas-tu me lâcher, nom de Dieu ? Tu m'étouffes.

Emma lui tira la langue d'un air espiègle et retourna ranger ses courses. Roger ronchonna un « y a plus de jeunesse » avant de rallumer une cigarette.

— Maman ne veut pas que tu fumes devant moi, tu le sais.

— Ben, ouvre la fenêtre et ne lui raconte rien. Ce qu'elle ignore ne lui fera pas de mal.

— Papy… Ce n'est pas parce que le docteur a dit que tout allait bien, qu'il faut exagérer. De toute façon, même en aérant, ça pue le tabac froid chez toi.

— Et moi j'aime ça… Mais ne t'en fais pas. Je suis increvable… hélas !

La petite fit volte-face sur ce dernier mot, chagrine. Roger s'était, une fois de plus, exprimé trop vite.

— Qui m'aidera si tu meurs ?

— Je ne compte pas partir tout de suite, ma puce, excuse-moi.

Il afficha son plus beau sourire édenté, ce qui la fit rire, puis il lui posa la question habituelle.

— Il ne t'a toujours pas regardée, c'est ça ?

Elle jeta le paquet de pâtes qu'elle tenait en main, puis expliqua.

— Non ! Lorsqu'il me cause, c'est pour me casser devant tout le monde. Quand je reste dans mon coin, il me cherche pour se foutre encore plus de moi… J'y comprends rien.

— Crois-moi… Il est fou de toi !

— Tu penses ?

— Même si ça ne se voit plus, je suis un homme, donc je sais ce que je dis. Lorsque j'ai connu ma Rose, je n'osais pas lui parler. Un garçon, c'est très idiot, donc je faisais tout pour attirer son attention… Surtout l'embêter.

— Et ça a marché ?

Roger pouffa, toussa, cracha dans son mouchoir, observa les couleurs de ce qui venait d'atterrir dans le fin tissu, puis répondit enfin.

— Une catastrophe… au départ. Puis lorsque je me suis aperçu que je n'arrivais même plus à la blesser ou la faire rire, donc que je la perdais, je lui ai présenté mes excuses et là… bingo.

— Je fais quoi alors, moi, pour le pécho ?

— Pour les pets chauds… mange de la choucroute, ma chérie.

— Papy… t'es dégueu !

Nouvel éclat de rire, nouvelle quinte.

— Sincèrement, lorsqu'il se moque, fais-en autant, il se sentira con. Ensuite, ignore-le, ou dragues-en un autre et tu verras qu'il changera sa manière de procéder avec toi.

— Tu parles, il y a tellement plus belle que moi, je n'ai aucune chance. Elles ont presque toutes déjà, enfin… tu sais quoi… et moi…

— Ma petite, il n'y a pas plus menteur qu'un ado qui déclare ne plus être puceau. Maintenant, les gamins ne songent qu'à une chose… le sexe ! Si c'est tout ce que tu lui offres, il le prendra et chassera ailleurs, mais si tu lui refuses et qu'il s'accroche… c'est le bon.

— Tu penses ?

— Fillette, il vaut mieux un garçon qui cherche à conquérir ton cœur que ton…

— PAPY !!!

Rire… Toux… Crachat.

Emma crut que le vieil homme ne parviendrait pas à se reprendre cette fois-ci et le soutint le temps que le souffle revienne.

— Tu vas bien ?

Une grimace la rassura.

— Emma ! N'oublie jamais cela, une femme demeure belle aux yeux de celui qui l'aime. Ne te dénigre jamais, si ce mec tient à toi, tu seras toujours… comment vous dites… une bombasse pour lui.

— Mouais… on verra ça. Pour le moment, Maman a préparé le repas, alors, attrape ton déambulateur et ne sois pas en retard.

— Bien, cheffe !

La petite vint déposer un baiser avant de repartir, sac vide à la main.

Que deviendrait-il sans eux ? Roger se doutait qu'il ne ferait que vivoter dans une existence beaucoup plus terne. Il savait aujourd'hui que celle-ci était utile, car ce qu'il annoncerait ce soir, au jeune couple composant sa famille, serait de la toute première importance.

En attendant, il lui fallait se lever et prendre le chemin du domicile de ses voisins. Il adorait ces invitations, mais se retrouvait puni de cigarette. Le vieil homme en fuma donc une dernière, à vitesse grand V, en alluma une seconde avec le mégot de la première, pas entièrement consumée, puis se mit en route.

***

— Une fois les réparations terminées, je vais devoir cravacher, mais j'y crois… Les clients commencent à arriver.

Valérie, la mère d'Emma, s'était lancée dans le

toilettage pour chiens à domicile. La vie était difficile pour eux avec une seule paie dans le ménage, mais ils étaient courageux tous les deux. Roger sourit à la jeune femme.

Rose et lui auraient aimé avoir une fille comme elle, mais le destin en avait décidé autrement. Heureusement, celui-ci s'était rattrapé en plaçant sur leur chemin ce couple adorable qui faisait encore aujourd'hui tout son possible pour que le vieil homme se sente faire partie intégrante de la famille.

— Ta camionnette ne tiendra pas longtemps, dit le mari de Valérie, plus inquiet que critique.

Un ange passa. Roger sauta sur l'occasion pour dévoiler ce qu'il avait sur le cœur.

— J'ai une déclaration officielle à vous faire et je souhaiterais que vous ne me coupiez pas la parole s'il vous plaît.

Tous les regards se tournèrent vers lui.

— Ma Rose et moi avions mis beaucoup de côté pour notre retraite… Hélas, elle est partie avant d'en profiter. Maintenant, cet argent dort sans aucune utilité…

— Roger, s'il te plaît, tu sais bien que…

— Tais-toi et écoute-moi pour une fois !

Le silence revint et le vieil homme poursuivit son laïus.

— Que tu le veuilles ou non, vous êtes ma seule famille et que je sache, je suis majeur et vacciné, donc je fais ce dont j'ai envie. Je ne sais pas ce que je serais sans vous.

Valérie lui prit la main en souriant, mais le laissa terminer. La jeune femme se doutait de ce qu'il avait en tête pour en avoir souvent parlé avec lui… Se disputer serait plus exact, mais elle avait compris combien cela lui tenait à cœur… Toute discussion serait impossible.

— J'ai commandé une fourgonnette neuve. Je l'ai fait totalement équiper par un professionnel du toilettage canin. Elle t'attend depuis tout à l'heure en boutique.

Valérie ne put que bafouiller « mais », son mari plaça sa main sur sa bouche comme pour s'empêcher de dire des banalités et Emma sauta une nouvelle fois au cou de Roger.

— Mais tu as vraiment décidé de me tuer aujourd'hui, toi !

La fougue de la jeunesse la poussait à accueillir cette joie sans poser de questions.

— Roger… On ne peut… C'est beaucoup trop, et…

— Maman, arrête ! Si ça fait plaisir à Papy, ne gâche pas tout !

— De toute façon, ajouta celui-ci, le véhicule est réglé et les papiers sont à ton nom, donc tu fais comme tu le sens, mais c'est toi qu'ils appelleront pour le récupérer.

— Je ne sais pas comment je pourrais te remercier, Roger…

— Vous le faites tous, tous les jours depuis votre arrivée. Accepte, ce sera la meilleure façon de le faire… Crois-moi !

La jeune femme vint le prendre dans ses bras, très vite rejointe par son époux sous le regard jovial de l'adolescente.

— Juste pour en rajouter une couche et sans vouloir casser l'ambiance… J'ai également souscrit une assurance-vie il y a longtemps… Vous êtes à présent les seuls bénéficiaires… et on se tait, vous n'y changerez rien de toute manière.

La soirée se termina dans les rires, sans reparler des cadeaux faits par le vieil homme, mais soudant à jamais cette famille recomposée à l'envers.

***

Roger éteignit sa télévision. Dans sa jeunesse, la mire signalait l'obligation de dormir, maintenant, on pouvait rester jusqu'au petit jour, la bave aux lèvres, à regarder n'importe quoi. Il aurait dû se lever et regagner sa chambre, mais la force, et surtout l'envie, lui manquaient.

Le vieil homme écrasa sa clope et s'empara d'une nouvelle cigarette. Il tira longuement sur celle-ci, mais rien ne s'échappa de sa bouche, le surprenant. Ses lèvres se collèrent au filtre et pompèrent de plus en plus vite la drogue pour résoudre ce mystère, mais rien ne vint.

Il s'attendit à tousser, étouffer… Mourir, si la chance lui souriait enfin, mais sa respiration lui semblait normale.

Son regard glissa sur son poignet, posé sur l'accoudoir. Un fin nuage apparut, sortant par tous les pores de sa peau. Il jeta son mégot tout en observant ce curieux phénomène. Bientôt, un linceul de fumée l'entoura, si dense qu'il ne discerna plus la lune à travers sa fenêtre.

L'épais manteau de brume se condensa pour prendre forme humaine. La lumière des lampadaires extérieurs transperça le brouillard, dota de deux yeux lumineux cet être fantasmagorique, puis un visage se dessina.

Rose… Sa Rose.

Une main de coton se tendit vers lui. Il s'en saisit, constatant que son bras était dans le même état vaporeux, puis se leva sans difficulté et, sans prononcer une parole, enlaça celle qui avait été la seule femme de sa vie.

Derrière lui, son corps, endormi à tout jamais, souriait… enfin libéré.

***

— Les pompiers m'ont dit qu'il n'avait pas souffert. Roger s'est éteint en souriant. Il est aux côtés de sa femme.

Emma observait sa mère, les yeux embués de larmes, mais ne répondit pas. Ses parents étant les héritiers officiels désignés par Roger, ils avaient la lourde tâche de débarrasser l'appartement.

— Tu as fait le ménage à fond, déjà ? lui demanda Valérie.

L'adolescente fit un petit signe de tête négatif.

Quelque chose l'intriguait et Emma se concentra pour tenter de deviner la cause de cette interrogation.

— Emma ?

— Oui, mam's ?

— Tu ne sens pas ?

Emma comprit enfin ce qui paraissait anormal… Aucune odeur de tabac froid n'agressait leur odorat… Rien ! Comme si aucun fumeur n'avait habité en ces lieux. Une fragrance délicate planait au contraire dans toutes les pièces et un émoi particulier s'empara de la jeune fille. Une larme glissa sur sa joue jusqu'à la commissure de ses lèvres, étirée en un sourire triste. Un bras vint s'enrouler affectueusement autour de son cou.

— Mais… ça sent…

Valérie la laissa poursuivre.

— Le parfum de Mamie Rose…

Priscilla HALONA

Elle s'appelle Priscilla, elle est infirmière. Elle aime le chocolat (un peu trop) et la procrastination (un peu trop). Son super-pouvoir : trouver des trèfles à quatre feuilles. Elle apprivoise sa plume… ou c'est sa plume qui l'apprivoise, on ne sait pas trop.

Dreams are my reality

Par Priscilla Halona

Nous sommes actuellement à un moment crucial de la vie de deux personnes, à la croisée de leurs chemins. Ce court instant avant que les destins se mêlent. Tout commence par les espoirs romantiques de Victoire. Elle ne le sait pas encore. Bientôt, la providence va frapper à sa porte. Elle est amoureuse de son voisin de palier : le docteur Porte. Il est psychiatre et son cabinet de consultation se trouve en face de chez elle. L'amour lui est tombé dessus. Heureusement, il ne lui a pas fait mal, au contraire. Juste, c'est arrivé sans qu'elle le cherche.

Il y a trois mois tout pile, elle sortait de chez elle en robe de chambre peluchée sur son pyjama bisounours, les cheveux coiffés par son oreiller et ses couvertures, les yeux cernés et la crotte au coin de l'œil. Elle tenait son sac poubelle à la main en descendant les escaliers pour aller au vide-ordures. Elle espérait ne croiser personne à cette heure matinale. Soudain, elle entendit des pas dans le hall. Trop tard pour remonter l'escalier. Un homme montait. Il était grand, brun avec des cheveux bouclés et une barbe naissante. Et, détail non négligeable, il portait un tee-shirt *Doctor Who*, une de ses séries préférées. Arrivé à son niveau, il la salua, l'air pensif :

— Bonjour !

Elle l'observa, le temps comme suspendu. Comme s'il passait au ralenti. Il la frôla, laissant dans son sillage un parfum frais et boisé. Elle bredouilla, la bouche pâteuse :

— Euh… Bonjour.

Maintenant à l'étage du dessus, il ouvrait la porte située sur le même palier qu'elle. C'était donc son voisin. Victoire resta figée quelques instants puis reprit ses esprits et s'occupa de sa poubelle. Depuis ce jour, elle pensait régulièrement à lui et se demandait comment l'aborder.

Souvent, Victoire aime à laisser flâner son esprit aux travers de multiples rêves. Elle en ressort le sourire aux lèvres et le cœur rempli d'espoir.

Confortablement installée sur son canapé, un livre qu'elle ne lit pas posé sur ses genoux ou devant un film qu'elle a déjà vu cent fois, elle ferme les yeux et imagine. La vie est si simple dans les aventures romanesques ou dans les comédies musicales comme *La La Land*. Il suffirait de choisir un scenario et tout se passerait comme prévu. Avec une super-télécommande, elle n'aurait qu'à changer de chaîne et choisir son programme.

Là, par exemple, elle sortirait de son domicile en dansant vêtue d'une robe à fleurs…

La musique est entraînante et joyeusement rythmée. Une haie d'honneur constituée de jeunes hommes torse nu et se trémoussant ovationne son passage. Ils jettent des pétales colorés qui s'envolent aussi haut que le soleil. En bas de l'immeuble l'attend le docteur Porte. Il joue du ukulélé en chemise hawaïenne. Derrière lui, ses patients forment une chorale. Ils chantent tous en chœur *wahou wahou, tu es le soleil de ma vie.* Arrivée à son niveau, elle l'embrasse. Tout le monde applaudit.

Victoire ouvre ses paupières et reprend son livre. Elle lit plusieurs fois la même phrase. Elle capitule et le referme. Son esprit est ailleurs. Elle poursuit ses rêveries et passe à la scène suivante.

Son chat se serait échappé et vagabonderait dans le bureau du docteur Porte…

Le patient, surpris par cette présence féline en pleine consultation, en fait part à son thérapeute :

— Docteur, je vois un chat.

— D'accord et ce chat, que vous dit-il ?

— Bah, rien. Il miaule, c'est un chat.

Voyant l'animal se déplacer l'air de rien, le médecin se rend compte que le chat est réel. La gêne est palpable. Le patient n'a pas l'air de se formaliser et poursuit :

— Par contre, un jour, un lézard m'a parlé par télépathie. Il avait la voix de Stéphanie de Monaco.

Il marque une pause.

— Elle est d'un con, Stéphanie de Monaco !

À l'issue de cette consultation, le docteur Porte va toquer chez sa voisine afin de lui rendre son animal. Elle lui ouvre, joliment apprêtée, et le remercie chaleureusement :

— Oh mais quel fripon, ce Caramel ! Merci de me l'avoir ramené. Entrez donc, j'ai préparé de la limonade. Vous devez avoir soif après votre journée de travail.

Le docteur Porte accepte l'invitation. Il entre et s'assoit confortablement sur le canapé du salon. Caramel s'installe sur ses genoux et ronronne. Le médecin savoure la délicieuse et fraîche boisson tout en faisant connaissance avec sa charmante voisine. Il en tombe instantanément amoureux. Caramel aurait dû s'appeler Cupidon.

Hum… Pas sûr que cela fonctionne. Caramel est un gros flemmard et sortir du canapé est déjà pour lui une grande aventure. Elle ne sait même pas faire de limonade. Il faudrait qu'elle essaie un jour. Et puis, si ça se trouve, il n'aime pas la limonade. Il préfère la bière. Une autre manière de rentrer en contact serait de prendre rendez-vous sur *docteurlibre.*

Elle se présenterait alors dans sa salle d'attente. Puis une fois dans son bureau :

— Bonjour docteur !

— Bonjour et bienvenue à vous. Pour quelle raison souhaitez-vous consulter ?

Victoire prend une grande respiration et répond :

— Eh bien... Je suis timide. Dans la vraie vie, je n'ose pas vous aborder. Là, tout de suite. On est dans la vraie vie. Mais… C'est pas pareil. Il fallait que je trouve un moyen, vous comprenez ? Je crois que vous me plaisez bien. Ça vous dit de sortir avec moi ? Mais je ne suis pas folle, vous savez !

Le médecin la regarde, interloqué.

— Oh, c'est ce qu'ils disent tous !

Finalement, ce n'est pas une bonne idée. Victoire préfère repartir pour d'autres rêveries.

Elle serait chez elle et quelqu'un sonne à la porte...

Elle ouvre et trouve son voisin affolé.

— Venez vite, c'est une urgence !

— Mais enfin, c'est vous le médecin.

Elle le suit et ils rentrent ensemble dans son cabinet.

— C'est là, regardez ! lui montre le docteur Porte.

Victoire lève les yeux et voit une énorme araignée dans un coin de la salle d'attente. Les patients, rejoints rapidement par le docteur, s'attroupent à l'opposé. Victoire prend son courage à deux mains ainsi qu'une feuille et un verre. Elle capture l'arachnide avec ces ustensiles sous les yeux à la fois apeurés et ébahis de la foule. Elle relâche l'araignée à l'extérieur. Le docteur Porte la prend dans ses bras.

— Vous êtes ma sauveuse ! Marions-nous !

Et en un claquement de doigts, elle se retrouve avec le médecin sur un vélo tandem vêtue d'une robe de mariée et lui, d'un costume trois pièces. Le vélo traîne derrière lui des boîtes de conserves et un écriteau *Just married.*

Victoire ne prend même pas le temps de rouvrir ses paupières car elle a trouvé un rêve encore plus transportant. Sûrement à cause du film qu'elle a regardé la veille et dont le DVD trône encore par terre, en plein milieu du salon, en attendant qu'elle le regarde à nouveau.

Son beau voisin sonnerait à la porte...

Il est habillé d'une chemise blanche ouverte sur son torse légèrement velu. Il est adossé à l'encadrure de la porte.

— Ça vous dit de faire de la poterie ?

— Mais bien sûr !

Elle se retourne et voit au milieu de son salon un tour à poterie. La chanson *Unchained Melody* résonne dans la pièce. Elle s'installe, le docteur se met derrière elle. Leurs mains se mêlent à la terre glaise. Elle le sent dans son dos et sur sa nuque. Le vase attendra. Il y a des choses bien plus intéressantes à faire. Elle se retourne et l'embrasse tout en lui arrachant sa chemise.

Elle sourit et repense à un autre film culte qu'elle aime tant : *Dirty Dancing* !

Les premières notes de The Time of My Life retentissent dans la pièce où elle se trouve.

Elle est assise à une table. Le docteur Porte s'avance vers elle en dansant. Arrivé à son niveau, il dit aux personnes aux alentours :

— On laisse pas Bébé dans un coin !

Il lui tend la main et elle le suit. Ils dansent ensemble. Elle prend son élan pour le mythique porté de la chorégraphie. Il la rattrape sans qu'elle ne tombe.

Mais tout bien réfléchi, personne n'arrive à la cheville de Patrick Swayze. Même pas le docteur Porte.

Un bruit sourd la fait sortir de ses rêveries. Victoire se lève et soupire. Elle avait complètement oublié : ce soir, elle reçoit Gabriel, un ami de longue date. Son ange gardien pour ainsi dire. Et le voilà qui arrive. C'est un signe ! Il va pouvoir la conseiller et lui dire comment aborder son voisin. Heureusement, elle a toujours des bières au frais, mais niveau repas, ça va finir en soirée pizza. Une fois Gabriel arrivé, les discussions vont bon train. Ça parle de tout, de rien mais aussi, et surtout, du docteur Porte.

Soudain, quelqu'un toque.

— Le livreur de pizzas est déjà là ?

— Bah, je ne les ai pas encore commandées ! s'étonne Victoire tout en ouvrant la porte.

Elle se retourne et se retrouve nez à nez avec son voisin.

— Bonjour, excusez-moi de vous déranger. J'ai trouvé ce courrier dans ma boîte aux lettres. Il est à votre nom.

Victoire le regarde, ébahie, et reste bouche bée. Elle n'a pourtant pas appuyé sur la télécommande magique pour lancer un nouveau film. On dirait bien qu'elle est, cette fois-ci, dans la réalité ! Gabriel vient au secours de son amie et s'approche de l'entrée. Il tend la main pour prendre la lettre et parle pour elle :

— Merci, c'est très gentil de votre part. Venez fêter votre fin de journée en prenant l'apéro avec nous, lui suggère-t-il.

— Avec plaisir ! répond le médecin, enjoué. Je m'appelle Rémi Porte. Je suis le voisin de Victoire.

— Gabriel, enchanté. Je suis un ami.

— Bienvenue et merci pour le courrier. J'espère juste que ce n'est pas une facture, tente de plaisanter Victoire.

Rémi lui répond en souriant :

— Je décline toute responsabilité.

Victoire a retrouvé ses esprits et entame la discussion. Rapidement, Gabriel trouve un prétexte pour rentrer chez lui, laissant Victoire et Rémi tout à leur tête-à-tête.

— Ça vous dit de regarder un film ? demande Victoire en l'invitant à la suivre dans le salon.

— Oh oui, pourquoi pas !

Elle remarque que le DVD de *Ghost* est toujours là, devant sa table basse. Honteuse, elle essaie de le cacher. C'est sûr, il va se moquer d'elle s'il le voit… Alors qu'elle cherche à le pousser du bout du pied pour le glisser sous le meuble TV, Rémi remarque son petit manège et désigne l'objet :

— Oh ! J'adore ce film ! s'enthousiasme-t-il.

— C'est vrai ? Moi aussi !

Il est très tard quand Rémi rentre chez lui. Il a passé une excellente soirée. Après le premier DVD, ils ont enchaîné sur un deuxième, *La Boum*, puis ils ont parlé une bonne partie de la nuit de leurs goûts cinématographiques et de *Docteur Who*. Difficile à imaginer quand il était simplement parti pour rendre un courrier égaré à sa propriétaire. Cela faisait longtemps qu'il ne s'était laissé happer par l'imprévu. Il ne regrette pas.

Depuis, il voit sa voisine différemment. En plus d'être sympa, elle est jolie. Il croit bien qu'il en pince pour elle. Mais comment lui avouer… ?

Le lendemain, confortablement installé sur sa chaise de bureau, entre deux consultations, il se prend à rêver.

Il y a de la musique. Il sort de son bureau. Elle est là. Il l'entraîne dans une valse endiablée. Il soupire. La vie est tellement plus simple dans les comédies romantiques.

Emma. MAIGNEL

Des notices de montage de meubles suédois aux classiques littéraires surannés, des comptes-rendus techniques aux nouvelles pastorales et/ou policières, pour Emma. Maignel, tout se lit et tout s'écrit.

Le miel de la vie

Par Emma. Maignel

Salut chères abeilles, salut noble reine.
Triste nouvelle pour vous : votre patron est décédé.
Dorénavant, c'est à moi qu'incomberont vos soins.
Et pour vous la cire que vous devez au défunt[1].

Imanol entonna cette chanson ancestrale en passant près des ruches de son voisin Paco, berger installé récemment près de chez lui. Ce vieil air était censé prévenir les jolis insectes rayés de leur changement de statut, et de la nécessité de produire davantage de cire. Sous forme de rouleaux, elle serait brûlée pendant toute la période de deuil, lors des messes des mercredis, vendredis et dimanches. C'était une façon de rendre hommage à leur maître, que tout le monde allait regretter.

Tout le monde, sauf Imanol, qui continuait à chantonner, tout en souriant. Dans la voix du plus important viticulteur du village, de la joie, presque de la satisfaction. Étrange manière de prononcer une ode

[1] Extrait de la chanson de l'annonce de la mort aux abeilles.

funèbre. L'homme massif se sentait fier. Son plan avait parfaitement fonctionné. Bien avant d'attirer Paco dans la grange abritant les charrues, soi-disant pour lui montrer au faîtage une poutre vermoulue, il connaissait l'issue fatale de son stratagème machiavélique. Comme prévu, Imanol s'était légèrement écarté en arrivant à l'entrée du bâtiment, pour indiquer son intention de passer en dernier. Une fois à l'intérieur, son voisin s'était éloigné vers le mur de refend qu'il lui avait indiqué, dans la pénombre à cette heure de la journée. Pendant que Paco, les yeux rivés vers la charpente, tentait difficilement d'apercevoir l'élément abîmé, Imanol s'était glissé sans faire de bruit derrière lui, largement aidé par la corde silencieuse des semelles de ses espadrilles. Tout était allé ensuite très vite : sans même prendre la peine, et perdre du temps, à lui mettre une main devant la bouche, il avait saisi son couteau accroché à sa ceinture, et l'avait enfoncé dans le flanc de son voisin. Profondément. À la hauteur de sa haine. Cruellement. Cette blessure serait à tous les coups mortelle. De manière certaine, au cri strident que Paco avait poussé, elle le faisait déjà beaucoup souffrir, comme Imanol avait souffert à chaque fois qu'il avait vu sa femme, Ania, et son voisin discuter aux champs, sourire aux lèvres, ou revenir ensemble du château d'Abbadia, quasiment comme deux amoureux.

Afin de n'éveiller aucun soupçon, surtout pas ceux des plus proches voisins attirés par ce bruit inquiétant, Imanol avait aussitôt passé sa tête sous un des bras de sa victime déjà inconsciente, pour l'extraire rapidement de la grange. Une fois dehors, il l'avait allongée au sol, près du puits et, à genoux, tentait faussement d'arrêter l'hémorragie qui rougissait une grande partie de sa chemise de toile épaisse. Le vieil Eneki et son frère Leandro, arrivés presque aussitôt, constatèrent l'état critique du jeune homme et écoutèrent l'explication d'Imanol. Quelle tristesse ! Dans la fleur de l'âge, chuter bêtement sur la lame aiguisée d'une charrue, à cause du manque de clarté dans la bâtisse ! Quel malheur ! Au moins, il n'était pas marié : cet incident absurde, s'il s'avérait mortel, n'engendrerait pas une veuve éplorée de plus.

Imanol était soulagé. Son honneur était sauf. Son épouse Ania était sa propriété. C'était aussi simple que ça. Et quiconque s'opposait à cette injonction devait en payer le prix.

***

Quand Paco était entré dans la grange, un étrange pressentiment l'avait étreint. Imanol, d'habitude taciturne, était ce jour-là sympathique avec lui, presque mielleux. Souhaitant recueillir son avis sur une attaque de termites dans le bâtiment abritant les charrues, son voisin l'avait invité à y jeter un œil. Les deux hommes étaient entrés l'un après l'autre dans la bâtisse, d'abord Paco, ensuite Imanol. Cet ordre était surprenant, car le fier viticulteur mettait d'habitude un point d'honneur à toujours pénétrer en premier dans une pièce, pour marquer son territoire, et se positionner ainsi en conquérant.

Paco observait depuis quelques instants la poutre *a priori* abîmée lorsqu'il sentit, au côté droit, une vive douleur qui lui arracha un cri affreux. À cet instant précis, le berger ne savait pas où se situait son voisin, et commençait à se demander si ce dernier n'était pas à l'origine de ce mal, mais un voile noir devant ses yeux troubla sa vision, puis ses pensées.

Ensuite, par à-coups, des images lui apparaissaient, comme dans un mauvais rêve. Eneki et Leandro l'observant au pied du puits. Ania auprès de lui, allongé sur son lit. La jeune femme lui parlant, tout en lui épongeant le front, pour tenter de chasser la fièvre qui le rendait si faible. Avec un talent certain, elle lui contait des légendes basques, pour distraire son esprit et lui faire oublier, même quelques furtifs instants, l'atroce douleur qu'il ressentait intensément dans son abdomen. Le berger ne percevait pas l'entièreté des histoires relatées, mais pouvait reconnaître les noms de ses héros mythologiques préférés : Basajaun, le seigneur de la forêt, Laminak, le génie de la grotte, ou encore Eiztaria, le chasseur des montagnes. L'évocation de tous ces personnages et de leurs aventures épiques lui rappelait ses tendres années, durant lesquelles l'enfant joyeux et téméraire qu'il fut faisait la joie de ses parents. Chaque soir, au coin de l'âtre, une nouvelle histoire lui était racontée, soit par son père, soit par sa mère. Cette habitude était pour lui un cadeau, comme une sorte de récompense à la fin de chaque journée passée à aider sa famille aux champs. Inconsciemment, le jeune homme avait toujours pensé qu'il pratiquerait à son tour cette coutume, à l'âge adulte, avec ses propres enfants. Mais il sentait bien qu'il n'aurait jamais l'occasion de jouir d'un tel spectacle. Peu à peu, ses forces l'abandonnaient, pendant qu'augmentaient sa fièvre et surtout cette douleur lancinante au flanc droit.

Et puis, plus rien. Paco était mort après quatre jours d'agonie.

***

Ania avait veillé Paco jusqu'à la fin. Elle avait ensuite lavé et préparé son corps pour son dernier voyage. C'était ainsi[2].

Elle devait faire son deuil, de son voisin si gentil et de leurs discussions, lorsque d'aventure ils se retrouvaient sur la route d'Hendaye, quand elle rentrait de ses travaux de couture au château d'Abbadia, où Paco travaillait parfois, dans les prairies alentour. Leurs échanges, toujours cordiaux, étaient salvateurs pour Ania, parce qu'ils lui permettaient de sortir de ce carcan conjugal si oppressant. Imanol, pourtant si prévenant au début de leur union, était désormais un vrai tyran, avec elle et leurs fils. Par les mots ou par les gestes, il savait les humilier, leur rappeler qu'il était l'homme de la maison, le chef, celui à qui on devait obéir sans discuter. Parce qu'il était d'une jalousie maladive, elle prenait toujours mille précautions avant de discuter avec les hommes du village, vérifiant que son mari ne se tenait pas à l'affût, derrière une grille ou une haie. Mais elle le savait malin, et trouvait par ailleurs que sa main était plus lourde et ses insultes pires que d'habitude les jours où elle avait discuté avec Paco, ne fût-ce que quelques mots échangés au détour d'un chemin ou devant l'église paroissiale. Le berger, qui avait un vrai talent de conteur, la faisait sourire si facilement, et parfois même rire ! Les nombreuses histoires qu'il lui racontait la transportaient dans des pays merveilleux où régnaient la

---

[2] Au Pays basque, jusqu'au milieu du siècle dernier, les rites funéraires étaient exécutés par les voisins les plus proches : le mari rapportait la croix paroissiale depuis l'église vers la chambre mortuaire et s'occupait de différentes tâches dont celle de prévenir les autres voisins et entretenir les ruches du défunt ; la femme, quant à elle, lavait et préparait le corps du mort, et accueillait les visiteurs pour les conduire auprès de lui.

joie et la bienveillance. Elles lui permettaient, durant de courts instants, de fuir son quotidien sordide auprès d'Imanol, si cruel. D'ailleurs, quand il était entré, le jour du décès de leur voisin, dans la chambre mortuaire, la lourde croix de pierre sur ses épaules, l'air satisfait qu'il arborait la bouleversa. Comment pouvait-on se complaire du décès d'un de ses semblables, surtout celui du jeune berger, que tout le village appréciait tant ? Ensuite, quand elle avait préparé le corps du défunt, elle avait mieux compris son comportement : la blessure visible au flanc droit comportait un aspect irrégulier en périphérie, comme dentelé. Le docteur Etchegaray, venu de Guéthary au chevet de Paco, n'avait pas prêté attention à cette particularité. Le vieux médecin était sans doute peu expert en outils agricoles mais, pour Ania, tout s'éclairait : la blessure n'était pas due à une dent de charrue, beaucoup plus régulière, mais plutôt à une lame crantée des deux côtés, comme le seul et unique poignard d'Imanol. L'objet lui avait été rapporté par un de ses oncles chasseurs de baleines, lors de son passage en Nouvelle-Angleterre. Son mari racontait fièrement, à qui voulait l'entendre, que cette arme avait transpercé plusieurs centaines d'Indiens algonquins.

Finalement, la jeune femme regrettait de ne pas avoir fauté avec Paco : le résultat aurait été le même, son mari l'aurait assassiné. Au moment de laver et préparer la dépouille du berger, toucher son corps athlétique et sensuel, malgré la rigidité cadavérique, entrer en contact avec ses muscles fuselés qu'elle imaginait parfois sous ses vêtements, c'était le terrible constat qu'elle établissait. À cette pensée si sombre, elle s'approcha du lit mortuaire et se pencha vers le visage aussi beau que pâle. Doucement, elle déposa sur ses lèvres un tendre baiser d'adieu.

Ania releva la tête : elle était anéantie. Son mari méritait la mort, pour l'avoir donnée à Paco. Si un tel châtiment arrivait, elle ne serait pas une veuve éplorée de plus, mais plutôt délivrée. Ses fils grandissaient vite, et pourraient bientôt se charger de tous les travaux de leurs vignes. Imanol ne leur manquerait en rien. Mais la jeune femme s'égarait, et savait qu'elle ne pouvait pas livrer son mari aux autorités. Il la traiterait de folle, serait soutenu par nombre de villageois qui le craignaient, et son comportement tyrannique redoublerait ensuite de violence.

Le jour de l'enterrement de Paco, sur le chemin sacré, celui qui menait à l'église, tout le village suivait Imanol, portant la lourde croix de pierre, en tête du cortège funèbre. Cet objet colossal, semblable à un trophée, lui donnait un air de victoire. Ania, légèrement en retrait, portait dans un panier les cires de deuil, allumées en hommage au berger. Les autres villageoises la suivaient lentement, tête baissée sous leur capuche noire, en psalmodiant des chants ancestraux en basque, pour le repos du défunt. Le son de leur voix peinait à couvrir un autre bruit, sourd, contenu, de milliers d'insectes dont les pattes étaient nappées de pollen et le cœur de haine.

***

Dans la ruche de Paco, les abeilles bourdonnaient rageusement. Si on tendait l'oreille, leur colère était perceptible.

Que le fier Imanol profite, pour les jours qu'il lui reste, du miel de la vie. À la fin de la saison, quand il aura récolté toute la cire qui brûlera à l'église pour notre maître, nous pourrons enfin l'attaquer. Peut-être près de la grange aux charrues, ou bien près du puits. De nos dards acérés, nous assouvirons notre vengeance, concentrée alors dans notre venin. Pour Paco.

Table des matières

Printed in France by Amazon
Brétigny-sur-Orge, FR

17470984R00150